すべての人生について

浅田次郎

幻冬舎文庫

すべての人生について

目次

アジアの一〇〇年、日本の一〇〇年

小松左京

こまつ　さきょう
一九三一年、大阪府生まれ。
作家。日本のＳＦ作家の草分け。著書に『日本沈没』『日本アパッチ族』『旅する女』など。

日本で発明され世界へ広がった人力車

――二〇世紀について話していただきたいのですが、交通・通信がスピード化した時代でしたね。で、乗り物の発達、進化が、世紀初頭から著しかったというあたりから、始めたいのですが。

小松　お互い作家として、時代、歴史というものを見つめてきたわけだが、あなたのお書きになった『蒼穹の昴』は清末期の時代が舞台でしたね？

浅田　最後が一八九八年の戊戌《ぼじゅつ》の政変で終わりますので、二〇世紀にはぎりぎりの、直前までですね。最初に僕が興味を持ったのは、宣統帝（溥儀《ふぎ》）のことなんです。『ラストエンペラー』以前は意外と知られていない人で、なぜ清朝の最後の皇帝が満洲国の皇帝なんだろう。なんて不思議な運命の人だろう、ということにがぜん興味が湧いたんです。

小松　なるほど。

浅田　宣統帝がなぜこうなったかを書くためには、その前の西太后《せいたいごう》の時代から書かなければ話が始まらなくて。ところが調べていくと、その時代が面白くて、西太后の時代だけでひとつできちゃったんです。

小松　すると、続編はいよいよ二〇世紀に突入するわけですな。

浅田　ええ。一九〇〇年時点の調べも進んでいますが、例えば車については、一八九八年時点では北京にまだなかったようです。

小松　ヤンチャ（洋車＝人力車）はあったのかな？

浅田　いや、人力車というのはもっと後らしい。あれは日本にあったものが、逆輸入されたらしいんです。

小松　それが意外なことに、南ア連邦（現・南アフリカ共和国）では早くから走っていたんです。

浅田　日本から入ったんですか？

小松　ええ、あれは日本の発明ですね。東京の駕籠屋《かごや》さんが発明したんだそうです。日本では乗合馬車がずっとなく、江戸時代も馬はお侍の関係だけなんです。京都に牛車というのがあったが、お公家さんのものでね。だから庶民の車は、大八車とかの人力だった。乗合馬車は明治になってからです。二〇世紀に入って十年もすると、東京ではタクシーが走っていますね。電車はもっと前で、幹線も東海道線の御殿場回りですが、一八八九年に全通した。

浅田　市電の最初は、京都でしたっけ？

小松　電車そのものは上野の勧業博覧会で展示され、客も乗せたんですがこれが一八九〇年。五年後には、京都の堀川線で営業運転したんです。

浅田　京都というのは、古い工業技術があって、それが大きく影響しているんですか？　この間も、映画のことを調べておりましたら、京都西陣の職人がフランスのリヨンに留学し、そのお土産に持って帰ったらしいですね。染色技術を持ち帰るとき、ついでに持って帰ってきた。

小松　映画を一般公開したのは神戸が最初ですけどね。その京都の南の男山八幡宮のところに、竹藪《たけやぶ》がいっぱいあるんです。そこに、エジソンが最初の白熱灯のフィラメントに、ここの竹の繊維を使ったと書いた碑が建ててある。

西欧化を受け入れる前に文化の下地があった日本

浅田　それは、子供の頃読んだエジソンの伝記に書いてありました。

小松　西欧化を受け入れる以前に、近代化の下地は日本にあったと思っています。平賀源内はエレキテルを作ったりして、電気というものを非常に早く入れている。一八七二年に鉄道を始めたときには、もう電灯をつけていますからね。それに電信もあって、鉄道電信なんです。一九〇三年にライト兄弟によって初めて飛行機ができるが、その七年後には日本でも初飛行が行われている。その飛行機が発明されてから十数年で、軍用機がぼこぼこできちゃうんだ。

浅田　実際に飛行機を戦争に使ったのは、第一次世界大戦が最初ですか？

小松　そうです。それも最初は偵察機なんです。パイロットは必ず将校で、騎士道精神というものがあった。

浅田　そうすると、最初は兵器というより、敵陣の様子を見るもので、攻撃兵器という認識はなかったんですか？

小松　ええそうです。大体スピードが一二〇㎞くらいだった。

浅田　騎士道といえば、日露戦争の歴史を見ていると、ものすごく礼儀正しい戦争というイメージがありますね。

小松　そう、捕虜をものすごく優遇するんです。帝国主義戦争というんだけど、一応、国際法に則して戦争をやったのは、日露戦争が初めてですね。日本が国際法をしっかり勉強して、優等生になりたかったんでしょうね。それよりも、二〇世紀というのはほとんど戦争の世紀で、その間でよく生き延びてきたと思いますよ。

ものすごい短いスパンで科学は発達した

浅田　そして戦争が、科学技術の発達を促進させた世紀ともいえる。騎士道精神は後退していきますが。

小松　一九〇五年にアインシュタインの特殊相対性理論が出て、それで放射性エネルギーが注目される。放射能の研究そのものは、ベクレルやキュリー夫人がやっていましたが、三十数年後には原子爆弾を作っちゃう。

浅田　そう考えると、二〇世紀前半の特に四十年くらいは、このところの四十年というスパンと比べても、すごい進歩だったんですね。

小松　二十年ほど前、ある研究会で、今までで技術進化の一番速いものは何だろうという話になって、飛行機だろうという結論になった。どんどん大型化し、戦争だけでなく人の輸送にも使われ始めた。さらに、スピードも音速の壁を軽くクリアしたからです。

浅田　そう、飛行機の進歩は速かったですよね。

小松　が、一九七〇年以降はエレクトロニクスです。あのコンピュータ、パソコンの進歩のすごさは、僕にもフォローできない。昔、書いたものでも駄目なものが出てくる。コンピュータが口をきくとか、ロボットが心を持つというのはもう、それに近いものができてしまうようだ。コンピュータ回路の中に、意識の片鱗が見えてきたというリポートがあるんです。
浅田　ほぉ。
小松　初期のコンピュータは、真空管一万七〇〇〇本で消費電力一七〇kW。だからコンピュータが電子の脳になるSFを書くと、科学者は「そんなことやるには、ナイアガラの滝の水を全部電力と冷却に使わなければ不可能だ」とバカにした。ところが一九四九年に、ショックレーがゲルマニウムトランジスタを発明。その後ICになり、LSIとなり、今はチップ一個が数ギガビットです。
浅田　今、お伺いして面白いと思うのは、二〇世紀初頭には飛行機がどんどん巨大化したということですが、つまりアップサイジングしていった。ところがトランジスタの出現で、今度は逆に、すべてのものがダウンサイジングしていく。大きいものを望み、小さいものを欲する。人間って、贅沢であり、それをどんどん実現してきたことになりますね。

必要なくなると止まる科学の進歩

――　科学のスピード化に加え、宇宙のような未知の探索が始められたのも、二〇世紀の業績だったんではないですか？

浅田　うっすら覚えています。初期の宇宙開発というのは、無人の人工衛星が飛んでから、速かったですよね。犬を乗せたの、人を乗せたの、月へ行ったのと、わずか十年かそこいらのことでしたよね。だから僕は大人になったら、絶対宇宙へ行けるぞと思ってましたが、やっぱりそうはいかないんですね。

小松　アポロ11号が月に着陸してから二十七年もたった。

浅田　あの勢いで行くと、月に都市のひとつもできていていいような気もします。

小松　17号まで行って、もう金がないからやめるということになった。一九六一年に、ケネディが大統領になった第一声が、「七〇年までにアメリカは、月に人間を送る」だったが、それは実現できたんです。それより、一九六三年に日本とアメリカで通信衛星による初のテレビ中継があった。

浅田　その第一報がケネディ暗殺でしたね。よく覚えています。

小松　科学技術の進歩がお茶の間に、向こうから入ってくる時代の始まりだった。

浅田　そう考えていきますと、さっきの月の話ではないですが、科学は必ずしも加速度的に何でも進歩するということではないようですね。あるレベルのところまで行き、それ以上は必要ないというところに来ると、そこで止まる。だから飛行機の進歩なども、旅客機が大きくなってきて、今のジャンボ機があれ以上に輸送能力として必要ないとなれば、もうそれ以上のものは開発されない。ほかのところに、科学技術の目が行くという、それの繰り返しなんですかね。

小松　そうかもしれませんな。

浅田　核兵器にしても、もう飽和状態になって、もう意味がないということで、開発が止まっている。そう考えると、二〇世紀は戦争の世紀だったが、その戦争の役割も終わりに近づいているんでしょうか？

小松　戦争の役割というより、巨大国家が少し駄目になってきています。大英帝国がもうもたないということで、連邦制度にしたのが最初。このままでは、アメリカもひとつの国としてうまくいくかどうか疑問です。ソ連なんて崩壊のとき、よく内戦にならなかったと、感心しているんです。

浅田　『蒼穹の昴』の舞台となった清朝も、二〇世紀になって崩壊したんです。ただ、もうあの時代になると、まったく有名無実の象徴的存在で、何の権力もありませんでしたけどね。

小松　大体、清朝というのは満洲族でしょ？　漢民族が征服されてできた大国だったんだ。

浅田　清朝も、異民族の征服といえば侵略になるんですけどね。が、清朝のすごいのは、たった三十万人の兵で四億人の漢民族を支配したことなんです。これは欧米の列強が、中国を侵略したのとはちょっと違うと思うんです。清朝には、漢民族を迎え入れるだけのものがあった。

小松　「髪をとどむる者は頭をとどめず、頭をとどむる者は髪をとどめず」じゃないが、強制したのは弁髪だけだった。

浅田　漢民族を否定しないんです。つまり、北京の紫禁城内にあった制度、いわゆる科挙という官僚制度のすべてを残し、宦官《かんがん》制度という不思議なものまで残した。終《しま》いには、言葉まで漢語を話すようになる。こういう支配の仕方というのは、普通では考えられない。

小松　宦官の技術というのは、遊牧民の技術なんですね。家畜の牡の気が荒くなるから、去勢して太らせてしまい、中で最も優秀なのをよく慣らしてリーダーにする。そのリーダーを使って群を引っ張って行くんですが、人間の場合は去勢男に後宮の管理をさせた。

浅田　不思議なもので、あれだけ官僚制度が日本に移入されながら、宦官制度だけは日本に入ってきていませんね。

日本のしたことだけが侵略といわれるのは心外

小松　欧米列強がその後、アジアの侵略を開始する。今のインドネシアはオランダ領インドシナ。香港、シンガポールはイギリスの領土。上海には各国の「租界」ができたし、ベトナム、カンボジア、ラオスはフランス領。タイだけですね、王国を維持して現在まで続くのは。

浅田　それ以前はどこも王政だった?

小松　そうですね。そして、日本が欧米の侵略を免れた。

浅田　大した国ですね、そう考えると。

小松　意外かもしれませんが、近代外交がよくわかっていたんですね。吉田茂、幣原《しではら》喜重郎だとか、戦後にまで人材を出しています。列強に侮られぬことを要す、英米追随外交を排すなどと言っていた。

浅田　日本の大陸進出というのは、明治以降の欧米政策の究極の姿だった?

小松　そうですね。欧米にやらせるよりは、日本がやったほうが同じアジア人同士だし。石原莞爾《かんじ》などは、清朝のラストエンペラーをかつぎ、満洲(現・中国東北部)に理想郷を作ろうとする。

浅田　そう考えると、日本のしたことだけが侵略といわれるのは、ちょっと心外です。『蒼穹の昴』のために調べていて、その矛盾は感じていました。

小松　基本的には日本人は平和が好きですからね。歴史的にも内戦期が短く少ない。争いごとを好まないから、東海道とかの公道を一般開放したりできたんです。江戸時代の半ばから旅行ブームが起こったりする。道中案内があり、情報があり、宿坊が整って安全だからです。お伊勢参り、金比羅参りですが、女が行くし、子供だけの、ぬけ参りさえ可能だった。

浅田　その頃のお伊勢参りは、今の僕らの旅行感覚と、ほとんど同じような感覚で出かけたという気がします。

小松　伊勢信仰は、旅行案内ではないが、神官が大宣伝します。

浅田　私の母の実家が、東京の御岳山《みたけさん》で代々神官を務めているんです。昔からずっと宿坊を営んでいて、その歴史を見るとほとんどツアーコンダクターみたいなものなんです。旅行が信仰と、密接に結びついていたと思います。

小松　うん。昔の旅行はそうでした。

浅田　その旅行感覚は、最近まであったと思います。僕が子供の頃でも、そこのお客さんは、ほとんど講社講中の団体でしたもの。かといって、彼らが神様を拝みに来ているかというと全然違って、みんなで酒盛りをしている。女の人もね。

小松　日本で一番古い、女性の道中記は『十六夜日記』なんです。これは一三世紀の阿仏尼が、京都―鎌倉を行って帰ってくる十六日間の日記なんです。戦後、米軍が入ってきて、日本は男尊女卑の国だからもっと女性を大事に、と言ってましたが、実は、日本の女性はわりと社会的な力があった。もっと前の『源氏物語』など、あんな女房文学はヨーロッパにもない。

浅田　僕も男尊女卑の国とは感じませんね。中国の本を読むと、日本のほうがリベラルな感じがします。旅行にしても、日本女性は積極的に、海外にもどんどん行ってますもの。

三島事件という文学的動機で入った自衛隊

――二〇世紀について、いろいろなお話が聞けましたが、次の世紀への展望もお願いします。科学技術はもちろんですが、人間的なことも含めて……。

浅田　僕は昔から、どちらかというと科学オンチで、理科系のことが苦手なんですよ。

小松　だって陸上自衛隊にいたんでしょ。

浅田　いや、自衛隊は身体を使うだけで、頭を使いませんから。

小松　だけど、銃器分解とか……。

浅田　そういうのは、職人的に覚えられますからね。

小松　徴兵制度はないんだから、志願して入った？

浅田　僕は三島事件が動機で、文学的な感じで入ってしまったんです。当時の募集は大変で、だまして連れてくるような状態で、頭数を揃えていた。徴兵制ではないですが、強引でしたね。ただ僕は、個人的には大変プラスの体験をしました。

小松　世間はエレクトロニクスの大衆化時代になり、通信衛星が飛び、インターネットが普及して、どうなるかわからなくなっている。自衛隊も当然変化を求められているんでしょうね？

浅田　それが、僕がいた一九七〇年代でもアナログシステムでした。白兵思想というのが頑なで、優秀な兵隊は誰かというと、銃剣術の強いヤツなんですよ。歩兵が最後まで行って、戦闘の最終の決着は白兵戦であるという考え方です。

小松　じゃあ、『歩兵の本領』という軍歌があるが、それみたいだ。

浅田　自衛隊でも行軍するときは、歌うのは『歩兵の本領』でした。僕、いまだに全部歌えますもの。だから、機械や科学が進歩しても、進歩しきれない何かがあるんですよ。

小松　赴任地は北海道ですか？

浅田　いや、僕はずっと市ヶ谷です。三十二連隊というところでした。

小松　白兵戦の演習もやっているんですか。機銃でやられたら一発じゃないの？

浅田　そうですね。アメリカのベトナム戦争の映画で、白兵戦の場面になると、僕らは怖いですね。戦争とは、ああいうものだと教えられていましたから。

共産国家の成立と崩壊も二〇世紀の出来事だった

小松　ベトナムには今でも共産党が残っているのかな？

浅田　ええ。

小松　いわゆる共産国家が成立したのが、一九一七年でソ連でした。その崩壊が一九九一年。一世紀続かなかったんですね。今の人民中国は、一九四九年成立でまだ百年にはほど遠い。今になって考えてみると、あの共産主義とは何だったんでしょうね。

浅田　日本にも共産党が残っていますが、スローガンだけはなかなかいい。共産党という名を変えれば、選挙の得票が増えるという気がします。

小松　マルクスの『共産党宣言』は一八四八年でしたかね。彼は一九世紀末に出した『資本論』の序文を、ダーウィンに書かせようとしていた。あの頃も変な時代だったが、サルトルが死んで、日本の戦後思想はどうなったんでしょう。

浅田　社会的な思想というのが必要なくなったのは、それほど求められなくなったか、個人のレベルで考えればよろしいということになったからじゃないですか。

小松　僕なんかは都会生まれですから、生まれたときに近代市民社会というのがあったんです。しかしまだ、地方社会というのも因習も含めて残っていました。

浅田　対立軸ですか？

小松　戦後、東と西で二大勢力が、片や共産世界を作るんだとなって、他方では自由主義世界を守るんだと対立した。が、その突っ張り合いもへなへなとなってしまった。SF作家が二十年、三十年前に書いたものが駄目になっちゃうくらいの、すごい技術発展もあった。そう二〇世紀を振り返ると、人類世界が、その向こうにある「地球世界」を築き始めるための、手痛い学習の時代だったんですな。

科学万能に別れを告げ文芸復興の時代に

浅田　前にも言いましたが、文化というのは、科学技術もですが、進歩の必要がないというある飽和状態に達すると、成長を止めるような気がするんです。で、二一世紀にどんな時代が来るかというと、意外と内向の時代が来るんじゃないかと思うんです。

小松　平和な時代ですかね。だとすると、日本から出せるメッセージは、平和というのはちっともスッキリしなくて、我慢したりイライラしたりすることがいっぱいあるけど、やっぱり戦争よりはいいぞということですね。

浅田　ひどく手前みそですが、多くの方は今、ビジュアル世界を目指したり、科学技術やコンピュータを目指して努力をしていますよね。ところが二一世紀に入ると、なぜかこれが飽和してしまい、突然、文芸復興の時代が来てしまう。個人的にはそれを期待したいですね。

小松　文学の形で伝えられるものには、人間の精神だの、魂だの、勇気だの、美だの、あるいは愛情だのというのが含まれています。「ドラクエ」では果たせないものが、文学の中にはあると思うんですよ。今は、文芸書が売れなくなってきていますが、もっともっと頑張ることですよ。

浅田　僕は不思議なもので、いまだに小説を書くのがすごく好きなんです。同世代の仲間には、異常とさえいわれるんですけどね。車を運転して家へ帰る途中、さぁ、帰って小説を書くぞと思うんです。すると、なんかドキドキしちゃって……。これから女に会いに行くぞとか、麻雀屋に行くぞみたいな興奮を感じるんです。

小松　身体を丈夫にしておいてください。小説というのは架空の世界ですから、それだけの世界をずっと持続させるには体力がなければならないからです。僕は『虚無回廊』を書いているとき、『SFアドベンチャー』誌が廃刊になって、とたんに小説を書く気がしなくなっちゃった。もっともその後、ノンフィクションはやらねばと、何冊か書きましたけどね。

浅田　先ほど、小松先生が平和ということをおっしゃっていましたが、僕は平和というと江戸時代を連想するんです。あの時代には、ものすごい文化的勝利を感じるんです。平和といっても、政治の軋轢《あつれき》、権力闘争、個人レベルの愛憎がないわけないのですけれどね。が、その間も戦はなく、血を流すこともないという素晴らしい治安が保たれていたんですね。これは明らかな文化的勝利ですし、世界に向けて誇れることなんですよね。

小松　日本だけが持つ、貴重な体験ですよね。だから、平和についてどうすればいいのかを考えるためにも、二一世紀の世界の知識人に、日本の江戸時代を研究してもらいたいものですね。

浅田　賛成です。一方では商人が肥大し、政治家が賄賂《わいろ》をもらったりしてますが、それはいつの時代も同じこと。それを中和するだけの文化の力が、庶民の中にあった時代ですものね。

初出「アジアの一〇〇年、日本の一〇〇年」(『Bart』96・11・12)

香港、この奥深き地よ

陳舜臣

ちん　しゅんしん
一九二四年、兵庫県生まれ。（本籍・中国）
作家。中国の歴史小説を中心に執筆。
著書に『阿片戦争』『江は流れず』『秘本三国志』など。

アロー号事件の真相

陳　浅田さんの『蒼穹の昴』には本当に感心しました。近代中国を舞台にした作品をあれだけ書ける作家は、ほとんどいない。短篇は知りませんが、長篇では浅田さん以外にいないんじゃないでしょうか。

浅田　ありがとうございます。

近代中国のものがないのは、わりと単純な理由だと思うんです。つまり資料が難しい。同じ出来事に関する複数の資料を読んでも、内容にとても矛盾が多くて、どの資料を信頼すべきかの見分けが容易につかないんですね。

陳　そうですね。オーソライズされた資料のほうが、かえって怪しかったりしますから、そこが難しい。

浅田　知識のある方でも、史実と違うことを意外に平気で言うのが近代中国の歴史なんですね。そのくらいわからない。ですから『蒼穹の昴』を書く際には、僕は陳先生の本に非常に助けられました。

香港問題にしても、たかだか百年前の話なのに、諸説が入り乱れてわからない部分が随分ある。例えば第二次アヘン戦争のきっかけになったアロー号事件。あの事件にも歴史のミステリーが含まれていますよね。陳先生の著作で読みましたが、アロー号は実はイギリス船籍ではなかったそうですね。

一八三九年、清朝がアヘンを禁輸にしたことが契機となってイギリスとの間で勃発したのが第一次アヘン戦争。清の敗北によって南京条約が結ばれ（一八四二年）、香港島は割譲されてイギリス領になった。一八五六年には、イギリス国旗を掲げたアロー号に対して清の官憲が臨検を行ったことなどが引き金となり、清と英仏両国との間に第二次アヘン戦争（アロー戦争）が起こり、一八六〇年に結ばれた北京条約によって、九龍南部もイギリス領となった。さらにイギリスは一八九八年、九龍の後背地である新界一帯を九十九年間租借する条約（展拓香港界址専條）を結ぶ。その期限が今年、一九九七年六月三十日をもって切れたことから、割譲した香港島を含め、一括して中国に返還されることになった。

陳　アロー号はアヘンの運搬船です。イギリス船籍なら本来、清は荷物を調べられないんですが、海賊が乗っているという訴えがあったために、臨検を行った。これがイギリス側に戦端を開く口実を与えることになったんです。

しかし実際はアロー号はイギリス船籍ではなかったんです。船籍は年に一度、更新することになっていたが、アロー号はその更新の期限が十日前に切れていた。しかも停泊していたのは明らかに清国の領域内。だから本当なら臨検されても文句は言えないんだが、イギリスはそれを隠し、清国側もそんな重要なことを見落としていた。イギリス公使のバウリングは本国に「神かけて絶対に中国に知らせるな」と報告しているんですよ。

浅田　これは大変なことですよね。どこの教科書を読んでも、そんなことは一言も書いていない。イギリスが清を攻撃したのは、当時の事情からみて、ある程度の正当性があったという歴史解釈が行われているわけですが、実際には、イギリスによるまったくの騙し討ちだった。因縁をふっかけたようなもので、すごい悪いヤツということになる（笑）。

僕はあれを読んだときに、ちょっと衝撃を受けたんです。アロー号事件と同じようなことが、実は歴史の中で頻繁に行われているのではないかと思えてきますよね。僕らが学校で学んだ歴史というのは、ある程度、欧米が正当化されるように書かれていますから。

陳　そうですね。勝者による、一方的な解釈が歴史上の事実とされていることは多いでしょう。

マカオと香料

浅田　今回の香港返還に関する膨大な量の報道のなかで、僕が非常に不思議だと感じるのは、欧米列強による中国侵略の歴史についての言及が極めて少ないということなんです。香港はどのような経緯でイギリス領になったのか、そのとき欧米は中国に対して何をしたか、そのあたりをもっと人は知るべきだと思うんですけどね。

陳　たしかに、なぜこうなったかということは、あまり問題にされていない感じですね。

浅田　返還になった翌日から香港はどうなるのかといった話ばかり。それも、ほとんどが経済的な側面の関心ばかりだという気がします。しかし、なぜ返還しなければならなくなったかという問題は、実は過去のことではなく、非常に今日的な問題のはずなんですよ。

――イギリスが香港という場所に目を付けたそもそもの理由というのも、よくわからない部分ですね。

陳　貿易の中継基地としての価値があったからではあるんですが、もともと香港でなければならないということではなかった。当初は香港にするか浙江省の舟山群島にするかで迷ったようですね。結局、舟山ではシンガポールにあるイギリスの基地から遠いという理由で香港にしたらしいが、初期の段階では香港放棄論が何回も出ていた。特に疫病が流行ったときなど、こんな環境の劣悪なところは放棄すべきだという話が何べんも出たんです。

浅田　ポルトガルがマカオに本格的に進出したのは明朝の末期ですよね。ポルトガルに対する外交的な対抗意識が、香港に目を付ける原因かというとそうでもないようですね。

陳　そういう理由ではないですね。そもそもマカオは、はっきりした領有ではないんですよ。

明の時代に、皇帝の命令を受けて南方に派遣された宦官が、勝手に土地を与えてしまったのがきっかけです。

浅田　宦官は後宮で使う竜涎香《りゅうぜんこう》の調達などのために派遣されたんですね。マッコウクジラの内臓から分泌される香料で、どんな匂いがするのか知らないが、とにかく貴重な香料だったらしい。

陳　クジラの腸にできた異物から採るんです。なかなか手に入らないんだが、手に入れないと宦官は重罰を科せられる。浅田さんが書いたように、棒で叩かれて死ぬこともある（笑）。

その竜涎香の入手ルートを、当時東アジアに到達していたポルトガル人が知っていた。宦官は竜涎香の見返りとしてマカオにおける権益を与えたようですよ。国家元首でも何でもない宦官が、「どうせ人の住んでいないところだからくれてやる」と言ったことで、領有が始まった。

浅田　本当に小説にしたいような話ですね（笑）。

中国の特異な外交体質

陳　「中国はアヘンで香港を失い、竜涎香でマカオを失った」という諺がありますよ。マカオの領有がどれほどいい加減なものだったかというと、ポルトガルはマカオに総督を派遣しているが、明も澳門《マカオ》同知というガバナー級の役人を据えていて、お互いに馴れ合い政治を行っていたんです。あまり言い立ててもややこしいからということで、中国はずっと曖昧なままにしていた。今でもいい加減ですよ（笑）。

浅田　中国の独特な外交的体質というのは、その頃からあったんですね。外国を認めるわけではないけれど、いてもいいよという感じですね。

例えば清代の後期になると、いたるところに役人なのか商人なのかわからないような外国人がいっぱい滞在していますよね。なかには税金の管理をするような人もいる。しかしその一方では、中国人の官吏もいて、同じような仕事をしている。すごく不思議な状況です。日本人はすぐに自分の国の歴史に当てはめて、開国とか鎖国といった概念で中国も論じようとするけれど、中国の意識はそうじゃないと思うんです。そうした概念は、中国にはないんじゃないでしょうか。

陳　そう。認識が全然違うんです。

――アヘン戦争が契機となって清朝が衰退に向かい、日本の徳川幕府も開国への道を歩む。アヘン戦争と香港割譲は東アジアの歴史では、非常に大きな意味をもっていますね。

陳　あの頃は日本から漂流していった連中は、みなマカオに送られるんです。そこから運のいいのは日本に帰れる。アヘン戦争当時、マカオには十人くらいの日本人がいた。その連中が帰国後、外国通として海外の事情を伝え、開国後に先生みたいになっていく。日本が列強の侵略を受けずに済んだのは、彼らの貢献が大きかったとも言えるでしょうね。

アヘンを流行らせた理由

浅田　日本にアヘンが入ってこなかった理由は何ですか。

陳　必要がなかったからですよ。中国の南方では、アヘンは明代からデング熱とかいった風土病の薬として、少量、輸入していたんです。ところが、これを飲んだら気持ちいいぞというのは、イギリスが教えた。

当時の貿易では、イギリスが一方的な輸入超過。お茶は大量に買うが、売るものがない。それで銀がどんどん中国に流れる。何か売れるものはないかというので、アヘンに目をつけた。

日本の場合、そうした風土病とは無縁だった。だから薬としてのアヘンは必要がなかったんでしょうね。

浅田　中国というのは地大物博の国で、輸出するものは何でもあり、完全に自給自足できる。だから貿易では絶対優位にあります。それで困ったイギリスが、貿易不均衡対策としてアヘンを売ったというのは、ものすごく今日的ですね。

アヘンで言えば、取り締まりを命じられて徹底して職務を遂行した湖広総督の林則徐がいますね。アヘンの徹底取り締まりがイギリスとの関係を悪化させて、結果として香港割譲のきっかけを作ったわけですが、中国における彼の人物評価はどうなんですか。

陳　非常に高いですね。今でもアヘン戦争のときの英雄のままです。

浅田　僕は林則徐という人は、中国の近代史の中では最高のヒーローだと思うんです。中国の役人というと、けっこう権謀術数で動くじゃないですか。ところが林は、そうではなかった。どんな偉人でも、裏に回ると別の顔があるものですが、林に関してはそれがない。裏からの見方ができない人だと、僕は思うんです。

陳　裏というのは、本当に林則徐にはないですね。林は命令を受けて、二万箱くらいの膨大なアヘンを回収した。証拠のアヘンを送るので見てくださいと北京に連絡したら、そんなものを送られてはかなわないので、現地で処分しろと北京が命令してきた。そのときの処分が、また徹底している。

アヘンは焼いてもダメなんですね。

浅田　焼いても、その地面からまたアヘンがとれますからね。

陳　三割か四割、元がとれる。だから完全に処分するために、林は五十メートル四方の池を二つ造り、それを板張りにして石灰と塩を入れた池水にアヘンを溶かして海に流した。流すときには、ちゃんと海の神様に「こういう毒物を流しますから」とお祭りしています。それで完全になくした。しかもその様子を公開するわけです。イギリス人は、自分のアヘンが処分されるところなど見たくないから来なかったが、アメリカ人のオリファントという人物が見学して、その様子を全部書いています。

でも、普通の役人なら、ちょっとは横流しをして儲ける（笑）。林則徐は、そういうことはしない。

浅田　そうそう。中国人としては、そこでまず儲けを考えそうなところなんだが、そんな発想は林にはないんですね。正しいと信じたら徹底してそれをやる。あんな気持ちのいい人はいない。中国人では、他にいないんじゃないかと僕は思います。

陳　林則徐は、アヘンの没収にあたり、「アヘンを供出した船は広東に入って構わない。大いに貿易してくれ」と言っているんです。ところがイギリスの対中国貿易の最高責任者であるエリオットは、船を行かせなかった。林はアヘンを供出しさえすれば貿易を認めると言っているのに、広東行きの船をみんな止めてしまった。アヘンなど全然扱っていないアメリカ商人の船まで、エリオットは止めています。

浅田　これほど善と悪がはっきりしている歴史はない。どっちの言い分が正しいとか言う以前の話ですよね。イギリスが言いがかりをつけて戦争を始めたことは明らかです。そこを考えると、香港の歴史というのは、本当に悲劇的だと思いますね。

「九十九年」の謎

——租借期限が九十九年間というのは、どういう理由だったのでしょうか。

陳　要するに〝半永久的〟という意味でしょう。百だと長すぎるから、九十九にした（笑）。イギリス側は、期限が切れたらまた延長すればいいというつもりだったのだと思います。

浅田　「九九」（ジョウジョウ）という音は、永久を意味する「久久」と同じですね。これはシャレなんですか。

陳　シャレじゃなくて、実際に九十九というのは中国人には「久しい」という意味なんです。

浅田　じゃあ九十九年間というのは、まさに「久しい期間」という意味で、特別な意味はなかったんですね。イギリス人にしてみれば何年でもよかったわけだ、長ければ。

ただ、中国側の意識はそうではなかったようにも思えますよね。陳先生も指摘しておられますし、僕もしみじみ思うんですが、外国人にとって九十九年は永遠だが、中国人にとっては意外と実感の範囲の時間だったのではないでしょうか。悠久の歴史を持つ中国人にとっては、子の世代、孫の世代に必ずやってくる一九九七年の返還という事態を、明らかに認識していたような気がするんです。そういうしたたかな計算があったんじゃないかと。

陳　おそらく、そう考えていいと思いますね。

董建華とは何者か

——ところで、新生香港のトップである行政長官には董建華という人物が就任しましたね。

浅田　董さんは上海出身の海運王で、とても賢い人のようですね。ご本人とは面識がないが、一族の人で何人か知っている人はいます。日本に住んでいる人もいますよ。董さんと日本の関係は深いんです。日本の企業が経済的に苦況に陥ったときに、董さんの援助を受けたところもある。逆に董さんの会社が危なくなったとき、日本側が援助したこともあります。

厳密には、上海出身というより寧波《ニンポー》出身といったほうがいいでしょうね。寧波のあたりは賢い人が出るんですよ。近くの奉化からは蔣介石《しょうかいせき》が出ているし、中国の人材はほとんどあそこから出るんです。

——董建華氏は父親から海運業を受け継いでいて、台湾との関係も深いと言われていますね。

陳　たしかに台湾派と思われていましたね。でも、董建華さんが父親から会社を受け継いだとき会社は傾きかけていたんですが、中国が援助をした。

――そういう背景があるために、董氏が香港の運営をする際に、中国の言いなりになるのではないかという危惧もあるようですが。

陳　まあ、董さんのできることには限度がありますから。しかし、中国にしても、董さんを押しのけてまでごり押しの政策を行うことはできないはずですよ。

浅田　香港返還というのは、一般的な植民地解放とは違って、歴史上、中国が経験したことのない極めて特殊なことですから、董さんという人は大変な立場に立たされたと思います。今後の歴史の行方、共産主義の行方を決定づけるわけですからね。

ところで、昨年（九六年）の冬に北京に行って感じたんですが、今、中国はものすごい勢いで変わっていますね。ある年齢から上は、まだ解放軍のコートを着ていたりするが（笑）、若い人はダブルのスーツを着て、ネクタイを締めて、携帯電話を持って歩いている。女の子なども、日本の女の子と変わらない身なりをしていた。超高層ビルもどんどん建っていますし。

陳　私の妹が北京に住んでいるので、時折彼女に会いに行く。昔は香港から深圳に入りましたが、当時は川で魚が跳ねているような田園でした。それが今は高層ビル。思いもつかない変わりようです。深圳だけじゃないんですね。今年行ってきたんですが、アヘン戦争の戦場であった虎門あたりもそう。大厦高楼でね。

香港的なものが、どんどん周辺に広がっている。そこに労賃の安い人がいっぱい集まっているんでしょうね。だから、ああいった大厦高楼ができる。

浅田　そうすると、おそらく返還になると、そちらの方向に向かって一気に都市が拡大するんでしょうね。

陳　そうなるでしょう。それで労賃が上がって、どんどん労賃の安い奥地に広がっていくんじゃないかという気がしています。

〝何か〟が決定的に変わる

――香港と大陸の印象は、以前ほど違いがなくなってきましたか。

陳　もう変わらないです。香港と広州は、ほとんど同じですね。昔はね、僕らがよく行っていた頃は、ありありと違うんです。いくらどんな服を着ていても、これはどちらの人だとわかった。家内に言わせると、以前は靴とバッグで違いがわかったようですが、それも今ではわからなくなりました。

浅田　むしろ北京と広州のほうが違いますか。

陳　どうかなあ。その差もほとんどないでしょう。

浅田　人間の服装から建物から、何から何まで自由化されているのは目に見えてわかるんだけれども、やっぱり共産主義国家なので、どこか何かが違う。その〝何か〟が、今回の香港返還で決定的に変わるように思うんです。

陳　みんな考えてはいるんです。一所懸命。ただ、当事者たちでもわからないでしょう。果たしてどう変わるのか、返還によってどういう影響があるのか、実際には成り行き次第の面が多いんじゃないでしょうか。

浅田　当然、泥縄的な問題もいっぱい残っていると思いますよ。細かいことを言ったらきりがない。たとえば競馬はどうなるんだろうとか（笑）。

中国人はギャンブルがメチャメチャ好きですが、中国では絶対禁止でしょう。一時は死刑になる人もいたくらいです。では、香港から競馬はなくなるのか。マカオも一九九九年に返還されますが、ギャンブルがなくなったら何も残らない（笑）。

陳　マカオは本当に残らないね。

浅田　そのあたりの具体的な説明が何もない。競馬が残るとすれば、同じ中国籍なのに、香港人は競馬ができて、隣の深圳の人は馬券を買ってはいけないということになりますよね。

陳　いや、香港に来た人が馬券を買うのは構わないと思いますよ。深圳では買えないが、香港では買える。

浅田　そうなると、競馬のためにわざわざ来る人がいっぱい出ませんか。

陳　そうなるでしょうね。ただ、中国人なら誰でも自由に香港に入れるということにはならない。

浅田　出入り自由にしたら、ともかく香港に行けばいいというので、上京組というか上香港組が、あの狭いところにあふれかえっちゃいますよね（笑）。ただ、そのあたりの事前の説明が徹底していない。欧米なら綿密なガイドラインが事前につくられるところでしょうが、何も伝わってこない。いかにも中国的ですね（笑）。

陳　為政者もまだ決めていないことが山ほどあるはずです。

高級官僚の体質

浅田　ちょっと基本的なことを伺いたいんですが、そもそも「ホンコン」というのは何語ですか。広東語でもないでしょう。

陳　水上生活者の「蛋民《たんみん》」の言葉のようですね。香港というのは、元々は何もない石切り場だったんです。だから、労働者はいたが、定住者はいない。そこにイギリス人が来て、ここは何という土地だと聞いた。その場にいた蛋民が、自分たちの言葉でホンコンと答えたということになっています。

浅田　蛋民と現在の香港の水上生活者は、歴史的な関係があるんですか。

陳　蛋民というのは、よくわかっていないんですが、「客家《ハッカ》」に似ていると言う人もいる。客家というのは客で、〝後から行った人〟という意味です。広い意味では蛋民も客家です。後から来た人はいいところには住めない。だから、客家は、人の住まないようなところや痩せ地に住む。で、それよりもう一段下の連中が、陸に住むことさえ禁じられた人々ですが、彼らは滅亡した南宋の遺臣だと自称しています。だから、プライドが非常に高い。

偉い人で客家出身者は多いですよ。シンガポールのリー・クアンユーも、台湾の李登輝も、中国の鄧小平や葉剣英も客家です。

浅田　客家ということで決定的な差別があったわけではないんですね。

陳　中国で差別というと、科挙の試験を受けられるか否かだけなんです。葬式でラッパを吹く山西省の細戸はだめ。一八世紀後半までは、蛋民もだめでした。

浅田　ただ、科挙というのは、制度としては極めてリベラルで、今で言う選挙権のような感じがしますね。

陳　国民なら誰でも受けられるというのが原則ですからね。でも、しんどいやろな、あんな試験を受けるのは。浅田さんも書いているように、知識だけでなく体力勝負の試験ですからね。しかも、あれを上位で通った人間で、偉い人はあんまり出てない（笑）。

浅田　たしかに優秀なんだが、試験を通るとみんないわゆる官僚になってしまう。それで国が傾いた（笑）。中国ではすでに廃止されていますが、日本ではいまだに残っていますね。

陳　最初に科挙を取り入れたのはフランスで、日本は明治時代にフランスから輸入したようです。

浅田　間接的ではあれ、科挙による官僚制というのが日本にはまだ歴然として残っていて、それが様々な問題を起こしている。大蔵省の高級官僚や厚生省の事務次官の腐敗が表面化したり、中央省庁の再編成が論議されたりしていますが、要するに官僚システムの制度疲労によって国家体制が硬直化している。清の末期にも列強による外圧で国が混乱したのに、科挙を優秀な成績で通った官僚たちは、それに対する有効な措置をとることができなかった。おそらく官僚の体質が似ているからなんでしょうね。

香港よ、どこへ行く

――中国は今後、経済的な発展を遂げて二一世紀の超大国になるとの観測もありますね。

浅田　僕は、欧米人の資本主義の尺度では、その予測はつかないと思います。すごく単純なことだけれども、北京で胡同《フートン》（古い路地）が片っ端から壊されているところを見たんです。最初は文化破壊だと思ったんですが、よく見ると、日本のようにブルドーザーで壊すのではなく、レンガを一個ずつ取って、それはまた何かに使うんでしょうね、再生しながら壊しているんですよ。そこにいわゆる資本主義の尺度とは違う文化や生き方を、僕は感じました。

陳　僕は香港についての予測というのは、全部断っているんです。だってわからないんだもの（笑）。江沢民だってわからないんだから。

浅田　中国人の頭の中では九十九年というのは何年後だなと考えていたかもしれないけれども、イギリス人は永久と思っていた。そのくらい時間に対する概念の差があると思うから、香港はこれからどう変わるかなんて、僕らの口から言ったって意味のないことじゃないかという気がしますね。今まで共産党的鎖国状態があったせいでもありますが、僕らの常識ではまるではかりしれない国民性ですよね。ただ、そこに資本主義の牙城たる大香港が返還されて、突如として中国人の手に委ねられるわけですから、予想はできないけれど、興味は尽きないですね。

初出　「香港、この奥深き地よ」（『現代』97・8）

張作霖の実像に迫る！

澁谷由里

しぶたに　ゆり
一九六八年、東京都生まれ。
中国近代史。
富山大学人文学部准教授。
著書に『馬賊で見る「満洲」』『「漢奸」と英雄の満洲』
がある。

英雄視されない張作霖

浅田　今度のご本『馬賊で見る「満洲」——張作霖のあゆんだ道』（講談社）はたいへん参考になりました。面白く拝読いたしました。

澁谷　ありがとうございます。

浅田　張作霖の研究をやろうと思ったきっかけは何なんですか。

澁谷　もともとは袁世凱《えんせいがい》（一八五九年〜一九一六年。中華民国初代大総統。清朝で西太后の信頼も得て出世を果たすが豹変、宣統帝（溥儀）を退位させて一九一三年、大総統に就任。一九一六年帝位につくことを宣言するが、反対に遭い失脚、失意のうちに死亡した）をやりたかったんですが、ちょっと悪のスケールが大きすぎて、私の手には負えなかったんです。張作霖ですと日本語の研究もありますし、史料も多く、ある程度、中国語と漢文で何とか研究できるかという目論見がありました。それに私の先祖が満洲で商売をしておりましたので、満洲には少し親近感があったんです。

浅田　先輩の人に張作霖のことを聞くと、大概ボロクソに言いません？

澁谷　そうですね。私も大学院に入った頃に、「張作霖を研究しています」と言うと、「君、それは三十年以上前だったら縛り首だね」って言われました（笑）。つまりそれぐらいやってはいけないタブーの領域だっていうことなんですよね。

浅田　あれはなぜでしょうね。

澁谷　一つは、やはり馬賊はイコール匪賊《ひぞく》であるということでしょう。物盗り、強盗の類からあそこまでのし上がったとんでもないやつだというイメージがあるのと、あともう一つは、そういう素性の知れない人を近代になってもトップに戴いた中国、これもとんでもない国であるというイメージですね。だから二重の蔑視があるような気がしてなりません。

浅田　中学のときの歴史の先生で、いまだに僕の書いた本の採点表を送ってくださる方がいるんですけど（笑）、この間お会いしたときに、「どうして張作霖なんだね」って言われました。つまり、小説にして英雄視するような人じゃなかろうっていうことなんですね。

澁谷　そういう先入観はありますね。中国でも、共産党の初期の指導者だった李大釗《りたいしょう》を殺した悪い人物だというイメージでずっときています。これも気の毒な評価なんです。私が九八年に史料調査に行ったときも、同行した先生に、張作霖を研究しているっていうことは表に出さないほうがいいとアドバイスされました。

浅田　ほほう。

澁谷　「じゃどういうふうに言ったらいいですか」と訊いたら、「清朝の末期から、民国の初めにかけての軍隊と警察の制度について調べています」っていうのが、最も無難な回答であると（笑）。

浅田　それは瀋陽《しんよう》（中国遼寧省の省都。旧奉天《ほうてん》。中国東北地区の統治者となった張作霖・学《がく》良《りょう》親子の活動の拠点であった都市）ですか。

澁谷　そうです。

浅田　僕は、瀋陽出身のガイドさんから聞いたんですが、民間では、いまだに張作霖という人はとても人気があるというんですね。

澁谷　あるでしょうね。

浅田　つまり東北王と言ったら張作霖で、自分たちの主君は張作霖だというイメージがお年寄りの間にはあるそうですね。

澁谷　そうですね。やはり任俠の世界で名を成してあそこまでいったということに対する憧れはかなりあるんじゃないですか。

浅田　そのとき、その人のおっしゃったことがとても耳に残っていてね。書くんだったら、そういう角度で書くべきだろうなと思ったんです。少なくとも彼の周辺の人々に対しては非常に人気があるというね。

澁谷　そうですね。

浅田　結局、張作霖という人物は日本ですごく有名だったけれども、日本にとっては最終的には悪役でなければならなかったから、あとからいろんな伝説が付いちゃったということもあるんですよね。
澁谷　ありますね。
浅田　だから、ことさら無知無学であるというふうに喧伝された。一番怪しいのは、日露戦争のときの命乞いの話ですね。
澁谷　あの説はもう、私は自分の本では一刀両断にしました。
浅田　捕まって銃殺をされる寸前で、日本軍が命を助けたということになってるんですね。それも非常にタイミングよく。つまり、張作霖というのはそのぐらい日本に恩義を被ってる人間だという図式が、あまりにもあからさまな伝説になっていて、どうも僕にはあれは信じられない。都合よすぎると思うんだ。だから、小説の中でも、あれは採用したくないんです。ほとんどの日本人は、たぶんその伝説を信じていたでしょうね。有名な話だったしね。
澁谷　そうですね、当時は有名な話でした。

清朝の本当のすごさ

浅田　僕は今回の作品（『中原の虹』）で、張作霖のことを、『蒼穹の昴』で西太后（一八三五年～一九〇八年。清朝第九代皇帝咸豊帝《かんぽうてい》の妃、第十代同治帝の生母。同治、光緒帝の後見人として清朝を統治した。その政治的手腕を評価されつつも、人柄が酷薄であったと強調されることが多い）を見たのと同じ視線で見ているんです。やっぱりあの当時の満洲といったら、どうしようもないところだったと思うんですね。

澁谷　ほんとにそうだと思います。

浅田　まるっきり無法地帯で、自分の命は自分で守れ、というような発想から馬賊が始まったんだろうけれども、それが何十年間も続いている場所で、一応、張作霖は満洲を統一して、ある時期には中華皇帝に最も近かった人ですね。だから相当の人物だと思うんですよ。

澁谷　私もそう思います。

浅田　歴史はあとからつくられる部分っていうのもずいぶんあって、西太后の場合なんかもそれが多いとは思うんだけれども、外国人、イギリス人やフランス人が自分たちのやっていることを正当化するために、前にはこんな悪いやつがいたんだというような形で歴史をつくるっていうのもかなりあると思うんでね。

澁谷　そうです。あと西太后など宮中の人の場合は、直《じか》に接する人が少ないですから、それもあって憶測と想像がかなりありますね。

浅田　ただ、結果論から言えば、例えば清国という国だって、アヘン戦争（一八四〇年〜四二年。アヘン禁輸を発端に起こった清朝とイギリスの戦争。清朝は大敗し、不平等条約を呑むこととなった）では潰れなかったにしても、そのあとのアロー号事件（一八五六年、清朝がアロー号を臨検するなどした事件。これをきっかけに清朝とイギリス・フランスは第二次アヘン戦争に突入し、一八六〇年、両国軍の北京入城で清朝は敗戦、北京条約を締結）あたりでもう潰れていなきゃおかしい王朝を、李鴻章《りこうしょう》（一八二三年〜一九〇一年。清末の政治家。最高実力者の一人として内政・外交に活躍、洋務運動を推進した。日清戦争の敗北で一時失脚したが、その後も列強の進出した清朝において外交面で活躍）と西太后のタッグでそのあと五十年ぐらいもたせているわけだから、相当な政治手腕はあったと思うんですよ。

そう考えると、張作霖という人間もただものではなかろうという、その角度からひたすら書いてみようと思ったんですね。

澁谷　清朝（皇帝略系図は、太祖ヌルハチ—太宗ホンタイジ—順治帝—康熙帝《こうきてい》—雍正帝《ようせい》—乾隆帝《けんりゅう》—嘉慶帝—道光帝—咸豊帝—同治帝《どうち》—光緒帝《こうちょ》—宣統帝。満洲を統一したヌルハチが一六一六年に後金を建国、三六年にホンタイジが大清と改称。四四年、順治帝が北京に遷都した。康熙、雍正、乾隆年間（一六六一〜一七九六）に最盛期を迎えた）というのは、非常に文書行政が整った王朝でありまして、皇帝は、地方官から上がってきた上奏文の主だったものも相当数見なければいけないんです。だから、決して怠け者では務まりません。咸豊帝という、西太后の夫は、そこが面倒くさかったみたいで、特に病気がちになってからは文書の多くに西太后が目を通して返事を書いていますし同治期はもちろん、光緒期もやはりそうですね。

　今でも宮中檔案《きゅうちゅうとうあん》と呼ばれている歴史的文書が残っていまして、公開されているんです。西太后のものはまず指示が非常に的確ですね。処理案件によって、どういうふうに決裁するかということを赤い字でコメントしていくんですが、筆跡もとてもきれいです。よくあれだけの膨大な文書にそれだけのきちんとした判断を逐一下せたなと思うぐらいです。

浅田　清朝が何百年か続いた中で、これといった暗愚な皇帝はいないと思うんですよ。

澁谷　特に、康熙、雍正、乾隆、これは名帝ですね。

浅田　名帝が三代続くっていうことも世界にまず例を見ない。僕は歴代の君主で、決定的に暗愚な人が出なかった王朝としては、すごいと思う。

澁谷　そうですね。先生もご存じだと思いますが、漢族と違いまして、長男が絶対的に相続しなければいけないという社会ではないんです。満洲族には部族制社会の名残がありまして、実力があって人望がある人でないと率いることができない。ですから、皇太子を決めないんですね。競わせて、最後まで誰が指名されるか、皇帝が死んでみないとわからないんです。

浅田　故宮の乾清宮《けんせいきゅう》にある「正大光明」の額、あそこの後ろに手紙を入れとくんですよね、皇帝が死ぬ前に。
澁谷　太子密建の法っていうんです。
浅田　それまで次は誰なのか誰も知らない。
澁谷　だから、自分こそは皇帝になろうと思って、皇子がみんな切磋琢磨するんです。
浅田　それで、死んじゃってからそれを開けて見て「次はこの皇子」ってなるわけだ。
　乾隆の事績なんか考えてみたって、やっぱりとらえどころのない怪物皇帝だもんな。怪物的な感じがしますよね。
澁谷　康熙帝と乾隆帝、六十年も在位していたっていうのは、恐るべき長さですよね（笑）。乾隆帝は康熙帝の在位の長さを超えてはいけないからと、六十年で下りたんですが、史上初めて、位を退いてそのあとも生きて、影響力をふるっていた皇帝なんです。
浅田　だってものすごくパワフルでしょう。戦争もするわ『四庫全書』（乾隆帝の勅令で多数の学者が編集した叢書。七万九五八二巻に及び、経・子・史・集の四部に分類される。一七八一年完成）の編纂もするわ、自分自身はあっちこっち動き回るわね。僕がいつも、乾隆帝はすごいなと思うのは、中国の貴重な文化財って、必ず乾隆帝のハンコが押してあるんです。

澁谷　ありますね。

浅田　この人は、何者だろうと思いますね。世界の至宝中の至宝みたいなものに、ドカーンと落款《らっかん》を押しちゃうんだよ（笑）。大概、名宝そのものに押してありますよね。それも一個じゃなくて幾つも（笑）。

澁谷　自分が所有しているという印ですね。

浅田　自分のもの、そして自分は見たと。彼の所有欲っていうのは、本当の中華皇帝、世界は全部自分のものっていう感じがすごくしますね。あるとき失恋して天下は虚しいと感じたというふうに、『蒼穹の昴』ではしちゃったんですけど（笑）。

歴史家が読む『中原の虹』

浅田　忌憚ないところを聞かせていただきたいんですが、僕が今書いている、張作霖のイメージどうですか。

澁谷　私が考えていたとおりか、それ以上です。本当に、お世辞抜きで。私が長年研究してきた紙の上での人物が、いよいよ命を得て働き始めたなっていう感じがしました。

浅田　そう言っていただけると嬉しいんだけど。周りの子分たち（張作霖の部下――『中原の虹』にはそれぞれ、張景恵《ちょうけいけい》＝二当家《アルタンジア》［好大人《ハオダアレン》］、張作相《ちょうさくそう》＝三当家［白猫《パイマオ》］、湯玉麟《とうぎょくりん》＝四当家《スータンジア》［麒麟当家《チリンタンジア》］、馬占山＝秀芳《シウファン》として登場している）はどうですか。

澁谷　張景恵はこのとおりのイメージ。私もすごく愉快な人だと思いますね。

浅田　ほかに解釈しようがないんですよね。張作相はどうでしょう。

澁谷　私のイメージでは、硬骨漢というか、かなり骨太で、義理人情に厚いイメージがありますね。それから、湯玉麟は、実は私、先日、写真を見まして。

浅田　エエッ。写真見たことないですよ。小さかった？

澁谷　ええーと、小太りで（笑）。

浅田　失敗した（笑）。でも、もっと歳がいってからの写真じゃないですか。

澁谷　一九三〇年代です。馬上でそっくり返っている写真でした。

浅田　あの頃の中国人は、ある程度歳をとるとみんな太るでしょう。

澁谷　そうですね。だからよろしいんじゃないでしょうか、若い頃のこととして（笑）。一応歴史家としては、三〇年代になるとそうなりますよと申し上げますが、張作相は、三〇年代でもなかなか男前ですよ。

浅田　問題は馬占山《ばせんざん》なんですが、どうでしょう、あの出し方は。ああいう形で子分になっていたということは考えられないですか。

澁谷　中国側の史料では、ちょっとそこは追究不能なんですが……。

浅田　でも、馬占山が張作霖の部下であった時期があるというのは、聞いたことあるんですが。

澁谷　あります。確実になるのはもっとあとですね。

浅田　あれ、かなり若いときだもんね。

澁谷　若いですね。幾つぐらいの設定で書いていらっしゃるんですか。

浅田　二十歳ぐらい。許せますか。

澁谷　大丈夫だと思います。

浅田　なにしろ日本には張作霖研究家ってほかにいないから、先生の許可を取れば、誰からも文句言われないんですね。

澁谷　そんなことはないですよ。そんなふうにおっしゃらないでください（笑）。

浅田　馬占山って魅力ありますよね。馬賊の中の馬賊っていう感じで。

澁谷　ありますね。任俠の世界を生きた最後の人っていう感じがします。

浅田　最後の馬賊で、最後の華ですよね。

　でも、馬賊に関する本って、あるようでないですね。

澁谷　ないです。小説はたくさん書かれていますが、史料として使えるものは一握りです。

浅田　一般の人が本屋さんへ行って手に入る馬賊の本って、渡辺龍策さんの『馬賊』（中公新書、一九六四年刊・絶版）のほかにないんじゃないですか。

澁谷　ないですね。最近は、福本勝清さんの、『中国革命を駆け抜けたアウトローたち』（中公新書、一九九八年刊）というのがあります。それからフィル・ビリングズリーの『匪賊』（山田潤訳、筑摩書房、一九九四年刊）もいいですね。

浅田　大層な本ですよね、あれ。著者はどこの人でしょうか。

澁谷　イギリス人ですが、原著はアメリカから出版されています。中国近現代史研究では、外国人のほうが、意外と馬賊や匪賊といったアウトサイドに大胆に切り込んできたのです。その他、日本でかつて盛んでなかった人物や分野、例えば袁世凱とか軍閥に関する研究も、やはり欧米が先行していました。

浅田　どうも日本の中国研究は、戦争で一回幕を閉められた感じがありますね。

澁谷　そうですね。

浅田　あと、どこまで信じていいかわからないんだけれども、小《こ》日向《ひなた》白朗《はくろう》のことが書かれた『馬賊戦記』（朽木寒三著、番町書房、一九六六年刊・絶版／徳間文庫、一九八二年刊）ってご存じですか？

澁谷　図書館で見たことがあります。小日向は八〇年代までは生存が確認されていましたね。

浅田　そうなんですよね。たしか亡くなったとき、新聞に出ましたよ。日本人で、単身中国へ渡って馬賊の総攬把《ツォンランパ》になったと言われる人ですね。あれもとっても面白い本です。

日本の歴史教育を考える

浅田　この作品を書き出すに当たって、張学良が亡くなってからって言ってたら、なかなか亡くならなくて（笑）。いやな考えではありますけど、NHKのインタビュー（NHKスペシャル「張学良がいま語る―日中戦争への道」、一九九一年放送。台湾に軟禁され、約半世紀ぶりに公の場に姿を現した張学良へのインタビュー。『張学良の昭和史最後の証言』〈NHK取材班・臼井勝美著、角川文庫〉として書籍化されている）なんかを見ちゃうと、やっぱり彼を登場させる小説は書きづらいっていうのがありますね。
澁谷　プレッシャーが大きいですか。
浅田　偉大な人だしね。まさか本人が読むっていうことはないんだろうが、責任持たなきゃならないという気持ちはあるから……。でも評価という意味では、完全復権してるでしょう、張学良。
澁谷　大丈夫です、今は。

浅田　帰してやりたかったですね、一度、奉天に。

澁谷　本人はやはり政治利用されることを恐れて、自由の身になったあとも帰れなかったんでしょうね。

浅田　本当にいい男だよね、あの若い頃っていうのは。

澁谷　すごくモテたみたいですね。

浅田　でしょうねえ。あれで女房二人って、もっといそうな感じが……。

澁谷　もっといます。それはもう当然。

浅田　魅力ある人だな、張学良っていうのは。

しかし、関東軍というのは乱暴なことをしますよね。もしあのとき張作霖が爆殺されなかったら、どういう展開になったでしょうね（張作霖爆殺事件。一九二八年、日本の関東軍が奉天郊外で張作霖の乗った列車を爆破、死亡させた事件）。

澁谷　歴史家は、もしは考えてはいけないことになっておりますので、お答えできないとしか申し上げられないです（笑）。

浅田　でも、張学良のときの東北軍（張作霖をはじめ奉天派の軍閥が率いていた各軍を張学良が統一した軍隊）というのは、ものの本で調べると、かなり近代的な軍事改革ができていたみたいだし、本気出せばすごく強かったのかもしれない。

澁谷　そうです。蔣介石が張学良をある意味で恐れていた理由は、兵力にかなり差があったからなんですね。空軍まで持っていましたので。
浅田　そう、空軍を持っていたというのがね。
澁谷　生前、張学良はかなりあれが自慢だったらしいですね。
浅田　日本が何であんなに大陸にこだわったのか僕は知らないが、ともかく大陸を支配するという大前提があって、それに対してどういう方向で行くか、日本の軍部というのはずっと考え続けていたんでしょうね。
澁谷　考え続けていたのか、考えがなかったのかよくわかりません（笑）。ただあの頃の資本主義の論理で言えば、植民地なき国では資本主義が成り立たないっていう考え方ですからね。
浅田　僕この間、別の本を書くのに、ちょっと永田鉄山（一八八四年〜一九三五年。大正・昭和の統制派の陸軍軍人。陸軍大臣を嘱望される逸材だったが、派閥争いにより暗殺された）のことを調べていましてね。そのときに、いろいろ考えてみたんだけれども、軍人教育のあり方というのはすごく問題があって、一番初めに明治天皇が「軍人勅諭」の中で、軍人は政治にかかわるべからずということを言ってしまうんですよね。それで、一番のエリートコースである幼年学校、士官学校、陸軍大学校と行くこの十数年間、この間に政治っていう授業が一時間もないんですよ。これはちょっとびっくりした。だから、永田鉄山みたいにエリートコースをずっと行ったとしても、政治の仕組みとか基本をあまり知らなかったんじゃないかな。

澁谷　それがまた逆に、短絡思考を生み出したんじゃないかと、私もそれは感じます。

浅田　だから、満洲をとるっていうとものすごく短絡的に、猪突猛進ですよね、まるっきり。それと、政治をないがしろにしてるのももちろんだけれども、世界地図すら頭の中にないんじゃないかって。

澁谷　現代の日本の学校教育にもそれは尾を引いているような気がしてならないですけれど。

浅田　教育っていうのは怖いね。実は今の学校で、近代史をあまり教えないんですね。

澁谷　そうですね。やはり学生の問題もそこが大きいですね。自分が生きている、現在の日本や世界での出来事が、近代史から発しているということをなかなか実感してくれないんです。

浅田　僕はいつも講演のときには必ず言うようにしているんだけれども、日本の歴史教育というのは原始時代から始まっても、だいたい条約改正までしかやらない。中学校も高校も。あとは読んどけっていう（笑）。物理的に、最初からやっていくから、最後ほど駆け足になるっていうのはこれはわかるんです。小説書いてたってそうなんだから（笑）。けれどもう一つ、現実問題として教師が触れたくないというのがある。そこからあとには説明しづらいことがあるし、教科書の問題もあったりするから言いたくない。アンタッチャブル。

あの歴史教育は僕はほんとに間違ってると思いますね。歴史って何のために学ぶのかっていったら、自分の今かくある座標ですから。自分がどういう世界に生きているか、自分はどうやってめし食ってるのかっていうのを、確認するための歴史なんだから、自分に近いところほど重要だと思うんですよね。近いところほど希薄になってる歴史教育なんていうのはおかしい。

張作霖、張学良なんていう人は、日本と東アジアの関係においてはすごい重要人物なんだけれども、たぶんこのままいくと少なくとも日本史の中では、歴史の中に埋もれていってしまうっていう感じはしますね。

張作霖ファンの願い

浅田　結局、張作霖ってどんな人だったと思いますか。
澁谷　一つは度量が大きいんですね、非常に。清濁併せ呑むっていうんでしょうか、修羅場をいろいろくぐっておりますので、人物を見る目が非常にたしかであったということ。あと、今回、本で書きましたが、あれだけ自分に尽くした湯玉麟も、一時期は切り捨てるでしょ。ある意味の政治家としての冷徹さも持っていたんじゃないかなと。

日本人の理解では、豊臣秀吉のイメージに近いっていうのがあると思いませんか？

浅田　はい。それは、意識的にダブらせている感じがしますね。何となく顔つきも（笑）。

澁谷　そうなんですね。何となく。

浅田　人間、自分一代で何かを成し遂げるって、どんなにすごいことかっていうのがわかりますよね。やっぱり、徳川家康や織田信長が天下を取るっていうのと、秀吉が天下を取るっていうのとでは、秀吉のケースというのは、ハードルの差がすごくあると思うんですよ。最初からお殿様であった人、子供の頃からある程度の帝王学をおさめて、施政者としての目でものを見ているっていう人と、そうでない人との間には、大きなギャップがあると思う。

澁谷　皇子だった乾隆帝と、赤貧からのし上がった張作霖とでは、当然、視線が違いますね。

浅田　全然違う。だから、あそこまでいって天下を夢見た張作霖というのは傑物中の傑物ですよ。

澁谷　もっと日中で正当に評価されていいと思っているんですけど。学生時代からそう思っていますけれども、まだ評価が低すぎますね。

浅田　ファンっぽいですね。

澁谷　いや、それはそうなんです。ある程度ファンにならないと、人物研究はできませんから。

浅田　僕もファンなんですけど。世界中に少ないだろうな、張作霖ファンって（笑）。これをきっかけに盛り上がるといいんだけど。

澁谷　『中原の虹』が単行本になったらすごいきっかけになると思います。

浅田　政治的なことはいろいろ難しいですけど、なるべく簡単に書きたいね（笑）。日本人が忘れ去ってしまった冒険大ロマンっていうのが書きたい。張作霖っていい男ですよね、若い頃の写真見ると。

澁谷　きれいですよ、すごく。戦況不利になると、女装して逃げたっていう噂がありますから。

浅田　わかるような気がしますね。

初出　「張作霖の実像に迫る！」（『小説現代』04・10）

『蒼穹の昴』天命をめぐる時代の群像

張　競

ちょう　きょう
一九五三年、上海生まれ。
比較文学、比較文化。明治大学助教授。
著書に『美女とは何か』『文化のオフサイド／ノーサイド』など。

梁文秀と李春雲のモデルは

張　吉川英治の『三国志』、司馬遼太郎の『項羽と劉邦』をはじめとして、中国の歴史に材をとった日本の小説をいろいろと読んできましたが、この『蒼穹の昴』は私のような中国人にとっても違和感がなく楽しめる上に、他の作家が書いたものとはまったく違った面白さがありました。

浅田　ありがとうございます。

張　戊戌の政変（一八九八年、清朝で西太后らの保守派が改革派を弾圧、光緒帝を幽閉した事件）という歴史的な大事件を扱うのに、まったく別のところから物語が始まる。社会の頂点で起きた事件を上からたどるのではなくて、下から段々とたどっていく。こういう小説は私が読んだ限りでは、中国にも日本にも今までになかったものです。主人公の二人は同じ農村の出身ですが、梁文秀《りょうぶんしゅう》は士大夫《したいふ》階級で科挙の試験を経て上の世界に上り詰めていく。一方の李春雲《りしゅんうん》（春児《チュンル》）は農村でも一番貧困に苦しんでいる生活から、宦官になって上の社会、宮廷に入っていく。まず伺いますが、この二人にモデルはいるんですか。

浅田　梁文秀についてはモデルはいません。梁啓超《りょうけいちょう》（一八七三年～一九二九年。康有為に学び、その片腕として清末の改革運動に参加した。戊戌の政変後、日本へ亡命）だと思っている人がいるかもしれませんが、そうではないんです。

張　実はお会いする前に探してみたんです。戊戌六君子といわれた人たちがいて、その中に楊深秀《ようしんしゅう》という人がいます。それで「秀」はいるわけですが、「文」はいない。梁啓超も六君子には入っていないので、違うかなとは思っていましたが。

浅田　李春雲は小徳張《しょうとくちょう》（清末の宦官。宮廷専属の劇団から立身し、李蓮英の後を受け継いだ）をちょっとイメージしています。

張　なるほど、小徳張ですか。

浅田　時代的にも小徳張に当たってますよね。彼は西太后の時代最後の大総管になるわけですから。ただ、僕が調べたかぎりでは小徳張はあまりいい人じゃなかったみたいなので、ちょっと美化してということで（笑）。

張　李蓮英《りれんえい》（西太后の治世下、宮廷に君臨した宦官。最高位である大総管にまで上り詰めるが、西太后崩御ののち姿をくらましたといわれる）は中国でもものすごく評判の悪い宦官ですけれど、小徳張はどちらでもないという感じです。

浅田　そうかもしれませんね。

張　李春雲が宮廷の真ん中で事件を眺め、梁文秀が宮廷を外から支える官吏として眺める。

さらに後半になると、もうひとつ外側の外国人ジャーナリストとしてトーマス・バートンと岡圭之介の視線も加わってきます。これがまたうまいなと思いました。物語を書く上で非常に効果的な構造ですし、読者にとっては意外な展開が連続する仕掛けになっています。こういう設定はやはり意図したものなんですか。

浅田　意図したというより僕の小説の書き方が、いつもそういう感じなんじゃないでしょうか。大所高所からものを見るような小説があまり好きではなくて、やっぱり下から見上げていく形を大体とっていますから。新聞記者の目から見たりするのも、多角的にしないときちんとは書けないんじゃないかと思ったからで。この場合、全員の視線、スポットライトが当たっているのは西太后ですが。

張　主な時代背景は一八八六年から十数年という、歴史小説としては短い時間ですが、カスチリョーネ（一六八八年〜一七六六年。中国名・郎世寧。一七一五年イエズス会宣教師としてイタリアより渡中。反キリスト教政策をとっていた雍正帝、乾隆帝からも彼の絵は高く評価され、宮廷画家として活動し続けた）を加えることで、百年以上前の時代と行き来することになり、またヨーロッパから清王朝を眺めるという世界的な視線をも持ち込んでいますね。

浅田　カスチリョーネはもともと宣教師として中国に入ってきますが、これは列強の侵略のひとつのパターンですよね。日本に来たときもそうですが、どこへ行くにもまず最初に宣教師が来る。彼らの目的はもちろん布教なんだけれども、実はその背後にはローマ教皇庁とつながったヨーロッパの王権があって、植民地政策がある。だからカスチリョーネもそれは全部承知の上で来ている。しかし彼は芸術家だから、芸術家として中国で生きることをまっとうしようとする。そういう人生を僕は書いたつもりです。そこのところは自分でも気に入っていますし、彼のエピソードによって、小説全体をロマンチックなイメージのものにすることができたと思っています。

張　カスチリョーネの話が加わったことによって、西太后時代の外国人記者たちの視点もより生きてくる感じがします。

浅田　たしかにそのとおりです。

張　歴史小説というのは、中国では実は非常に弱い分野なんですね。短篇は魯迅の時代からありますが、長篇は最近ようやく出てきたというところで、それも日本の歴史小説とはだいぶ感じが違います。新しい中国、今の中国が成立してから書かれたものは偏りがあって、例えば李自成《りじせい》（一六〇六年～一六四五年。明末の農民反乱指導者。飢饉をきっかけに起きた反乱に参加し、のちに首領となる。一六四四年北京を陥落させて明を滅ぼすが、清軍に破れて自殺した）の長篇はありますが、彼と戦った明や清側から描いたものはありません。書き方にしても上から一本線でダーッと、というのがほとんどです。その点、『蒼穹の昴』は非常に手が込んでいます。七つの章がそれぞれユニットとしてひとつの物語になっていて、さらにそのなかに小さな物語がはめ込まれている。離れ離れになっている物語がそのつど立体的につながっていって読者を退屈させず、しかも全体がひとつの構造体として成立している。清末という複雑な時代を描くのには、こういう複式物語でなければ語り尽くせない。非常にうまくすべてが包み込まれていますね。

浅田　ありがとうございます。実に鋭い読み方をしていただいて、なんだか自分のおなかの中を見られたような感じです（笑）。

取材は執筆の後で？

張　実際に清末というのは何かと捉えにくい時代ですよ。まず西太后と光緒帝という権力の二重構造があり、そのまわりに守旧派と改革派がいる。漢人と満人との感情的な対立があり、貴族家間での確執もある。官僚制度が硬直化して役人の腐敗がひどく、その上に列強諸国の侵略による賠償金をしこたま取られているから、経済が行き詰まって農民たちの貧困化が急速に進んだ。私は愛親覚羅《アイチンギョロ》家と葉赫那拉《イエホナラ》家の確執というのは実は『蒼穹の昴』を読んで初めて知ったんですが、これはフィクションではないんですか。

浅田　根も葉もない話ではありません。清朝の歴史をずっと調べていきますと愛親覚羅は最初から王だったわけではなくて、あまたある女真族《じょしん》を統一して王になっています。その中で葉赫那拉というのは一度滅ぼされているんですね。ふたつの部族は宿敵同士で、親子何代にもわたって何度も因縁の戦いを続けてきます。一方の葉赫那拉が滅ぼされたときに、殺された王様が、自分の子孫が一人でも残ればいずれ愛親覚羅に復讐するといったという話を読んだことがあります。

張　それは知りませんでした。正史にはありませんね。

浅田　話としては面白いけど、あとから作ったのかもしれません。葉赫那拉はその後けっこう繁栄していますからね。満洲旗人《きじん》（清の前身である後金建国に貢献するなどした満洲族の世襲貴族）の中には葉赫那拉姓が多いでしょう。だから滅ぼしたというか降参した部族だけれども、ヌルハチ（一五五九年〜一六二六年。漢字では努爾哈赤、姓は愛親覚羅だが、漢民族ではないので表記は当て字。女真族を統一して軍事組織を八旗に編成。明朝に挑むが当代では果たせず、三代順治帝がようやく北京に入城する）の下に組み込まれてから力をつけて、子孫も広まっていったのではないでしょうか。その一人がたまたま西太后だったというだけで。そう考えると葉赫那拉の呪いの話はあくまで伝説であって、事実としてはちょっと怪しいんですが。

張　北京と天津へは取材に行かれたんですか。

浅田　『蒼穹の昴』を書いた時点では行ってないんです。

張　えっ、本当ですか！　胡同（北京の街中にある昔ながらの路地。かつては三千を下らないといわれ、網の目のように張りめぐらされた胡同が複雑な街区を形成していた。観光資源でもあるが年々取り壊されており、北京五輪に向けての再開発でさらなる破壊が進むことが懸念される）へ一度入ると迷ってしまってなかなか出られないという描写などは、実際に行かなければ書けるわけがないと思っていましたが（笑）。

浅田　行かずに書いたというのがこの作品での僕の一番の大嘘ですね（笑）。胡同の描写などはぜんぶ昔の本が基になっています。戦前に出版された本で北京のことを書いたものがいっぱいあって、地図や写真もけっこう豊富にあります。図書館なんかでそういうものをいろいろ見て、自分の頭の中に北京を作っちゃいました。

張　さすがは小説家ですね（笑）。

浅田　でも行こうともしたんです。当時近所に住んでいた女性で、中国からの留学生だった人に、中国語を教えてもらったりしていたんですが、とにかく一度北京へ行ってみなきゃといったら、すごくとめられたんですよ。あなたが書いている小説はとてもロマンチックな昔の北京が舞台だから、今の北京を見たらイメージが壊れちゃうって（笑）。だから書き上げてから行きましたが、イメージが壊れることはなかったし、やっぱり来ておけばよかったと思いましたね。今でも北京は大好きな街ですよ。

張　だいぶ壊されてはいますが、今でも胡同が残っていますしね。留学生から中国語を習ったといわれましたが、ほとんど独学だったということですか。

浅田　まるっきり独学です。

張　でもすごいですね。小説の中でも効果的に中国語を使ってありますし。

浅田　いや、聞くのと話すのは難しいですね。書いてあることは大体わかるんですが。僕らの世代は中学一年生から学校で漢文を習っていましたから、それが役に立っているとは思います。

張　今は選択科目になったようですね。私が教えている大学生には漢文の教養がまったくない人がけっこういます。

浅田　え、まったく？　李白も杜甫も読んでない？

張　ええ。「国破れて山河あり」を知らない人もいるんです。

浅田　それはショックだなあ。日本文学の教養としても非常に重要な部分なんですけれど。日本の散文の中にも和文体と漢文体がありますから。

張　そうですね。日本の古典ともいえますね。『蒼穹の昴』の中にも漢文体の文章が出てきますね。私の知らない出典があるのかなと思って不安になりながら読んだんですが（笑）。

浅田　漢詩の部分などは引用していますけれど、漢文体はもちろん自分で書いています。

張　科挙の答案については？

浅田　あれも自分で作りました。問題も答案もすべて。京都大学に科挙の檔案《とうあん》集がありまして、それを見ますと実物の科挙の答案というのはすごい大文章ですね。感心した記憶があります。

張　京劇の描写もたくさん出てきますね。私は常識程度にしか知らないんですが、やっぱりお詳しいんですか。

浅田　詳しくはないですよ。京劇は日本にもときどき来ますから何度か観ていますが、これも本や何かからの受け売りで。

張　「刺巴傑《ツーパージエ》」という京劇は実際にあるんですか。

浅田　あるはずです。京劇についても資料を基にして嘘にならないように書いていますから。

張　西太后の京劇好きは有名ですよね。

浅田　紫禁城の中にもステージがあって、そこで夜な夜な観ていたらしいですね。中国でも僕は京劇を観ましたが、ふかふかの椅子に腰掛けてこういう感じで（背もたれにくつろいで）観るといいものですね。

張　テーブルを前に置いて観るんですよね。

浅田　そうなんです。お菓子や飲み物をつまみながらゆっくり楽しむ。とてもぜいたくな気持ちになりますね。

張　現在、外国人観光客に見せる京劇の舞台ではひとつの芝居を通しでやるのではなくて、別々の演目からいくつかのシーンを抜き出してやっています。本来の京劇というのは謡《うたい》を観るものだったんですが、延々と歌い続けるより立ち回りだけを見せたほうが客が喜ぶので、そういう形に変わってきたんですね。芥川龍之介は京劇通で、当時の舞台を観て、その改良案を述べています。ただ、それにしても最近は客が減っているようです。二年前に北京で梅《メイ》蘭芳《ランファン》（一八九四年～一九六一年。祖父母・父母ともに京劇役者という京劇一家に生まれ、八歳から女形の稽古をはじめる。独特の芸術流派・梅派を形成し、女形の演技を芸術として発展させた。六十七歳で引退後、中国劇曲学院院長に就任したが一週間後に没。息子の梅葆玖も京劇役者）の孫に会いましたが、京劇の俳優ではとてもじゃないが食えないというので転職しちゃってました。

浅田　そうですか。梅蘭芳自身がまだ最近の人ですけどね。

中国の水戸黄門

張　歴史を扱う娯楽でここ数年当たったものといえば、テレビドラマがありました。長篇の歴史小説はようやく最近書かれるようになったと先ほどいいましたが、清の康熙帝を主役にした作品がドラマになって大ヒットしたんです。

浅田　ほう。康熙帝ですか。しかし彼の生涯にはあまり波瀾がありませんから、テレビドラマにしにくい気がしますけれども。

張　史実を追うというよりもほとんどフィクションなんです。ストーリーを作りやすい人なんですよ。すごい人材じゃないですか、康熙帝というのは。だから彼が主役のシリーズはふたつあって、ひとつは「康熙微服私訪記」。つまり康熙帝が私服で国内を視察するんです。

浅田　ああ。水戸黄門ですね、まさしく。それならいくらでもできるでしょう。最後はやっぱり印籠みたいに龍の紋章か何かを見せるんですか（笑）。

張　いや、それは見せませんが（笑）。清朝の歴代皇帝にまつわる話が多くて、乾隆帝のものもありました。乾隆帝が街に出ていって庶民の料理を食べたら、世の中にこんなにおいしいものがあるのかというほど感動した。これはなんだと聞いたら翡翠白玉羹《ひすいはくぎょくかん》だといわれたんですね。宮廷にもどって厨房に翡翠白玉羹を作れといったら、紫禁城の料理人は何だかわからなくてどうしても作れないんです。実は簡単な煮物料理で、翡翠はホウレンソウ、白玉は豆腐。街の料理店の者が適当に偉そうな名前をでっちあげただけだったんです。

浅田　なんだか「目黒の秋刀魚《さんま》」みたいな話ですね。そのドラマをNHKで輸入して日本で放送してくれないかな、「冬のソナタ」みたいに（笑）。面白そうだし。
張　『蒼穹の昴』の話にもどりますが、乾隆帝を登場させた理由はなんだったんですか。物語を重層的にするという役割はわかりますが、なぜ他の皇帝でなく乾隆帝だったんでしょう。
浅田　僕は単純に憧れたんですね、乾隆帝に。同時代のルイ十四世と比べても、乾隆帝はやることがすごく重厚なんです。ルイ十四世はベルサイユ宮殿を作ったりエチケットを考え出したり、華やかで目に見えることをやっていますが、乾隆帝の実績は今の中国の版図を確定したり、『四庫全書』（七万九五八二巻に及び、経・子・史・集の四部に分類されている。一七八一年に完成した）編纂を手掛けたり、非常に実質的でスケールの大きなものなんですね。『四庫全書』なんて中国のそれまでの時代を経てずっとある、いろいろな文献を整理してまとめるという事業がいかに大変かというのは、考えただけでも気が遠くなる話ですが、彼はこれをなし得た。
張　そのとおりです。彼はすぐれた文人でもあった。字がすごくきれいだし。
浅田　政治家であり、軍人であり、文物に造詣が深い文化人でもあるというここまでの偉大さは、世界中どこの王様にもまずありえない。まさに大王中の大王ですよ。もしも歴史上の人間で誰か一人に会わせてやるといわれたら、僕が一番会いたいのは乾隆帝ですね。どんな顔をしていたのか、見るだけでもいいんです。

張　私も清の歴代皇帝から一人を選ぶなら、乾隆帝に尽きると思います。康熙帝も偉大な皇帝だけれども、彼は満洲文化に固執していたんですね。その点、乾隆帝はコスモポリタンという感じがあって、彼あってこそ清王朝は隆盛を極めたといえるでしょうね。

浅田　そうですね。一方で清末の権力者・西太后の中国での評判というのはどうなんですか。

張　一般的にはやはり悪女というふうにいわれているんですね。文化大革命を経験した中国人であまり本は読まない人でも知っている西太后像は映画「清宮秘史」（一九四九年製作の香港映画。朱石麟監督。帝位に就きながらも政治の実権を西太后に握られ、皇后選びも自由にはさせてもらえない光緒帝。後宮に召した珍妃との悲恋を交えて、戊戌の政変を悲運の皇帝の目から描いている）のイメージです。この映画を観た人は億を超えると思いますが、その中での西太后は完全に悪女ということになっていますから。ただ、私にとっては『蒼穹の昴』での描かれ方は違和感がないんです。西太后の女官を務めた徳齢《とくりん》（清の駐フランス公使を務めた裕庚卿の娘。任務を終えて帰国する父とともに、一九〇一年に祖国に戻り、妹の容齢とともに西太后の女官となってそばに仕えた。のちに西太后の素顔を紹介する本を数点出版した）が書いた本は文革中には売っていなかったんですが、実は裏でみんな回し読みをしていたんです。

浅田　なるほど。一番身近から彼女を見た記録ですね。

張　あとになって徳齢の本にはかなりフィクションが入っていることがわかってきたんですが、それでも西太后は冷酷な権力者であるだけではなくて、人並みの感情を持ったかわいい老婦人でもあったということを、案外私たちの世代は知っているんです。だから、『蒼穹の昴』の西太后もすんなりと受け入れることができました。

浅田　僕は西太后という人に昔からとても興味があって、いろいろな本を読んでいるうちに、どうも従来の西太后像は実像ではなくて、ヨーロッパ、特にイギリスの植民地政策の中で生まれた伝説なのではないかなと考えるようになったんです。侵略するためには大義名分が必要ですから。つまり現在の悪い王を倒して自分たちが国民を解放するのだと。今のアメリカとイラクに似ていますね。ブッシュにとっては、どうしてもフセインは悪者でなければならないわけだから。でも実際に本人がどうなのかは僕らにはわからない。西太后が悪女だという話の出所は大体がイギリスの本ですが、書かれている内容は則天武后（六二四年〜七〇五年。唐の高宗李治の皇后。高宗の死後、実子二人を廃し国号を周と改めてみずから帝位についた。中国では唯一の女帝）や呂后（生年不詳〜前一八〇年。前漢の高祖劉邦の皇后。高祖の死後、幼帝を擁して皇帝権を専制代行し、他妃との子を皆殺しにして呂氏一族を次々と王に封じた。呂后が亡くなると劉氏は呂の一族を滅ぼした）の伝説とほとんど同じものです。

中国に伝統的にあった悪女のエピソードをそのまま持ってきて書いている。いくら長い歴史があるといっても、そんなに同じような女傑が何人も現れるわけがないと思いますし。西太后について書かれたイギリスの本は、翻訳もされてますね。

張　バックハウスの『西太后治下の中国』ですね。

浅田　そうです。バックハウスの本はひどいですよ。こういう国なんだから自分たちが滅ぼしてもいいだろうというように、僕には読めるんです。

張　そこが非常に新鮮なところですね。中国ではその点は今まであまりいわれたことがなかった。

西太后のブロマイド

浅田　面白い話を聞いたことがあるんですが、西太后の治世時代、彼女は北京の庶民にとても人気があったというんです。西太后は写真が好きで、晩年に自分の写真をたくさん撮らせています。その写真がブロマイドになって北京市内で飛ぶように売れていたらしいんです。人気アイドルですよ（笑）。そうなると悪女説というのは、やっぱりでっちあげじゃないかと。

張　当時国民の人気を集めていたことは大いにありうるでしょうね。悪女説の出所のひとつはイギリスとして、もうひとつは改革派、特に孫文以降の革命勢力によっても広められたかもしれないです。

浅田　それは当然あるでしょうね。中国では歴代王朝の最後の王様はみんな悪い人にされてしまいますから（笑）。そのお鉢が回るのはやっぱり西太后です。溥儀はラストエンペラーですが清の皇帝としては幼すぎるし。光緒帝にしてもまだ若かったし、彼の生涯は本当に悲劇的ですからね。

張　光緒帝は非常に実直で誠実、頭もよくて、あまりにも非の打ちどころがない青年だったようですね。それに実際に政権を執っていたのは西太后だったわけで、それだけに歴史人物として面白いんですよ。何も悪いことをしなかった政治家というのは面白くありませんからね（笑）。

浅田　西太后が治世した期間というのは実はすごく長いんですよね。咸豊帝時代から考えると約五十年、半世紀にもわたって政治をやっていたことになるんです。末期の清朝でこれだけ長いあいだ政権を維持したというのは、やはりただものではありません。ただの悪女ではそれは無理だと思うんです。西太后が決裁のために朱筆を入れた書類の実物を、台湾の故宮博物院で見たんですが、非常に上手な字で正確な答えが書いてありました。西太后悪女説に疑問を抱いたもうひとつの理由がそれなんです。この人は本物の政治家なんじゃないかという気がしたんです。

張　大臣の上奏に対しててきぱきと指示を出していたそうですね。彼女の書いた額が北京の頤和園《いわえん》（北京の北西にある離宮。一八六〇年英仏軍によって焼き払われた乾隆帝以来の離宮を、一八八八年に西太后が再建した）にあるんですが、これもまた非常にきれいな字ですよ。

浅田　『蒼穹の昴』の出発はだからやはり西太后なんですね。そこにストーリーも、春児や梁文秀も、くっつけていったということなんです。

張　ネタバレになるのであまり詳しくはいえませんが、西太后暗殺計画が出てきますね。これも正史にはないと思いますが、背景になるエピソードを何かご存じなんですか。

浅田　西太后爆殺未遂事件というのは実際にあったはずです。何かの本で読んで、そこからは想像ですけれども。

張　汪精衛《おうせいえい》が西太后暗殺を謀って捕らえられたという話がありますね。汪精衛はハンサムで有名ですから西太后が彼を見て、おまえはまだ若いのにどうしてこんなことをするのかといって放免したという伝説があるんです。放免するぐらいだからやはりやさしい一面があったとも思われますが、まあ、この話はかなり怪しいですね（笑）。ただ、『蒼穹の昴』にありますように、彼女が光緒帝を自分の子のように愛していたというのは非常に理に適《かな》っていると思います。そうでなければ二十歳を過ぎても一緒にいて、しかも一時たしかにそうしたように、将来の皇帝にしようとはしなかったでしょう。

浅田　親子同然だったでしょうね。

張　ええ。中国には昔から養子の習慣があります。養子と養母の関係というのは、かなり真剣なものなんです。この点もずっと見過ごされてきたところで、これもまた面白いと思いました。それから西太后は今から百年くらい前の人ですが、そのあたりの歴史というのはまだ現在とつながっているんですね。例えば私は上海の出身ですが、袁世凱の子孫も上海に住んでいるので、あの人が袁世凱の孫だというような話とかが身近にあります。

浅田　やっぱりそうですよね。僕も今われわれが暮らしている世界を考えるためには、近い過去ほどきちんと振り返らなければいけないと思っているんです。日本人は最近あった悪いことほど早く忘れてしまおうとする。ほんとうはすごくいけないことなんですけれども。

康有為《こうゆうい》のＳＦ世界

張　最近、江沢民が政権の一線から引退をしましたね。例えばそのときに私がまず連想したのが西太后です。江沢民は二年前から政権の主要三ポストのうちふたつを譲りましたが完全には引退しなかった。西太后も戊戌変法（一八九八年、康有為らの主張を光緒帝が信任、硬直化していた清末の制度を根本的に改め、憲法制定や国会開設などを目指した政治改革運動。西太后らによる戊戌の政変によりわずか百日ほどで挫折した）でいったんは頤和園に行きます。そこであとは老後をゆっくり過ごそうというようにできていれば、歴史は確実に変わっていたでしょう。しかしそうはできなかった。毛沢東にしてもそうですが、歴史は繰り返されるものです。

浅田　西太后があのとき何を考えたかというのは、実は僕にはよくわからないんです。おそらく新しい変法が許せなかったんでしょうけれども。

張　西太后は変法に対してそんなに拒否感を抱いてはいなかったんじゃないでしょうか。というのも、戊戌変法を潰してわずか二年後に、彼女自身が主導した変法を始めていますから。

浅田　そうですね。

張　彼女にとっては清王朝さえ続いていければ、変法自体は大したことではなかっただろうと思います。アヘン戦争以降に列強と結んだ屈辱的な条約、あの老婦人のプライドからすればとても呑み込めるものではないものを、全部認めたことに比べれば。しかも自分が信頼していた光緒帝がやろうというんだから、任せておけばよかったんです。それがおそらく周りからのいろいろな進言を聞いているうちに、許せないということに変わってしまったんでしょう。

浅田　このときのキーパーソンは康有為（一八五八年〜一九二七年。一八九五年科挙のために上京し、国家体制の改革を上奏。光緒帝の信任を得て戊戌変法の中心人物となる。挫折後は日本へ亡命、辛亥革命後に帰国し清朝再興を図るが思いは果たせなかった）だと僕は思うんです。彼の思想はちょっと極端過ぎて、ＳＦっぽいんです。将来の共産主義を予見しているような先見の明はあるんですが。

張　大同世界（康有為が著書『大同書』で述べている理想社会。規制をしなくても争うものがなく、相互に親睦しあって平和な状態。国家・階級・人種・男女などの差別がない）ですね。

浅田　康有為の考え方は突き詰めていけば王政否定です。だから、西太后が気に入らなかったのはそこではないかと思うんです。

張　康有為の一派は、みずから行動を起こさなければという思い込みが強すぎたのではないでしょうか。もうちょっと待っていれば情勢は変わったかもしれません。

浅田　そうですね。革命というのは古い体制を壊す人と新しい世の中を作る人が別なんです。明治維新のときも壊した人たちはほとんど死んでしまって、そのあとに二番手の伊藤博文や山形有朋の世代が新しい明治を作りました。フランス革命でもそうなんです。戊戌変法は康有為の世代ですべてをやろうとしたところに無理があったということですね。

張　しかもその壊し方がへたなんです。そのあたりが文人の弱いところでしょう。

浅田　康有為たちが古いものを壊して袁世凱が新しい時代を作っていたら、まったく違う国ができたでしょうね。袁世凱がもうちょっといい人だったら（笑）。

張　どう見ても袁世凱は人柄が悪すぎるんですね（笑）。

浅田　権力欲があからさまなんですよ。だからのちの皇帝即位のときも物笑いの種になって即取り消す羽目になりました。ただ、僕は袁世凱という人は嫌いじゃないんです。清王朝を滅ぼした立役者の一人であることは間違いないし、面白いキャラクターですから。

張　曾国藩《そうこくはん》（一八一一年〜一八七二年。一八三八年科挙登第を果たした学者であり官吏だが、太平天国の乱平定のため義勇軍である湘軍を組織、指揮した。太平天国を殲滅したのちは戦後復興に尽力）や李鴻章より、袁世凱のほうが大きな器を持っているとはいえますね。曾国藩も李鴻章も清王朝を倒そうと思えばできたのに、俺にはそんな野心はないといっていさぎよく去ってしまいます。袁世凱がもう少し前の時代に登場していたら、大人物になれたかもしれません。権力欲があるのはいいとしても、彼の場合は時代おくれだから茶番になってしまったんですね。

浅田　アヘン戦争のあと、太平天国の乱のときの将軍が袁世凱であったなら、その時点で清王朝を滅ぼしているかもしれませんね。

張　そうですね。曾国藩の下で李鴻章の立場だったとしても、いずれはそうなったかもしれません。そういう意味ではやはり彼には天命がなかったんですね。一九一六年の皇帝即位のとき、袁世凱は玉座に座ったもののめまいがして、すぐに下りたという伝説があるんです。『蒼穹の昴』では「龍玉《りゅうぎょく》」として描かれていますが、中国でも天命があるのかどうかということは語られるんです。

浅田　軍人としての系統でいえば袁世凱は曾国藩、李鴻章に続く正統の後継者ですが、彼には先の二人にはあった清廉さが感じられませんよね。曾国藩も李鴻章も科挙登第を果たした文人将軍ですが、彼は落第して軍人になっていますから、きっとコンプレックスがあったでしょうね。

張　それはあると思います。曾国藩などは儒学の集大成みたいな人ですから、彼の書いた「家訓」は今でも中国の庶民の中で生きています。私は今でもその中の二句を暗唱できますよ。「黎明即起《リーミンチーチ》、打掃潔浄《ターシヨウチーチン》」朝早く起きてまず家の内外を掃除するという意味です。

浅田　曾国藩は調べれば調べるほど尊敬すべき人ですね。儒教をすべて体得して自分の人生できちんと実践している。彼の日記を読んだことがありますが、今日は食べすぎたとかなんとか、日常の細々としたことをひたすら反省しているんです（笑）。

張　儒学者として文才を持っている一方で、軍隊を統率するに当たってはすさまじい指揮力を発揮する。反乱を起こした民衆は容赦なく殺したそうですから、自分にも他人にも厳しい人だったんでしょう。曾国藩に比べると李鴻章は国賊、売国奴といわれて評価されてきませんでしたが、当時、列強との不利な条約に彼がサインしたのは仕方がないことで、むしろさらなる侵略をくい止めるためには最善の策だったという研究発表が何年か前にありました。それが『蒼穹の昴』にはすでに書かれています。

浅田　僕の祖父は日清戦争直後の明治三十年生まれです。その祖父が生前「♪李鴻章のはげあたま～」という歌を歌っていました。祖父が子供の頃に囃《はや》し歌として流行っていたそうで、ようするに李鴻章を侮辱する歌ですよね。日本が日清戦争に勝った勝ったといってよろこんでいるところに、敗軍の将の李鴻章がやってきて、それでこういう歌ができたんでしょう。でも、台湾割譲だけであの戦争を終わらせた李鴻章は、すごい外交能力を持っていたのではないかと僕は思いますね。

龍玉＝天命はどこに？

張　『蒼穹の昴』を読んでいて、毛沢東が出てきたのには驚きました。

浅田　あれは大サービスです。中国語に翻訳されることを期待して（笑）。

張　たしかに時代的には合うんですよね。おそらく毛沢東にとって西太后というのは同時代の人間だったろうと思うんです。そして彼には明らかに帝王思想がある。晩年は完璧に自分が帝王だという意識でいたでしょう。

浅田　ええ。そういう意識がなければ文革は起きないですよね。文革は先生が何歳のときですか。

張　始まったのが十三歳です。

浅田　それならはっきり記憶がありますよね。

張　もうはっきりと。初めはむしろ共鳴したところもあるんです。古いものを新しくするのはいいんじゃないかと。だんだん悪い面が見えてきて、紅衛兵は最後にはみんな反毛沢東になったんです。のちに民主化運動を起こしたのはその人たちなんです。

浅田　当時の学者はみんな大変だったらしいですね。

張　大変ですよ。全部持っていかれるか、焼かれてしまうんです。文革が始まった当初の一九六六年七月から九月ぐらいまでは、市内の至るところで本を焼いたり、服を焼いたり、とにかく何かしら燃やしている光景を目にしました。集合住宅の庭に、各家から古いものを持ち出して燃やしたんです。

浅田　取り返しのつかないことですね。そういうふうに文化を破壊してしまうのは。

張　私たちの世代の知識人はほとんどそうだと思いますが、毛沢東だけは許せないですね。彼は女性秘書たちを周りに侍《はべ》らせていましたが、そういうところも皇帝的でしょう。江青《こうせい》との間に子供もいましたし。

浅田　江青にもいろいろな伝説がありますね。

張　悪女としての西太后にたとえられた現代政治家ですからね。彼女は毛沢東と同じぐらいの気概をもって、天下は私のものだと思っていたでしょう。毛沢東が生前に「おれが死んだら真っ先にお前が殺される」といったという伝説があります。本当かどうかはわかりませんが、ありそうなことですね。それぐらい周りのみんなから憎まれ、恐れられていたんです。

浅田　裁判のフィルムなどを見ても、抵抗しているのは江青だけですよね。

張　気性が激しくて人との関係がうまくいかなかったんです。最後に刑務所で自殺したのも象徴的で、自分の娘、毛沢東との子供と口げんかして自殺した。ただ、時代が移るとだんだん別の面も現れてくるもので、共産党の幹部などにいわせると彼女は非常に上品で、いい趣味をしていたという話も出てきています。元が映画俳優ですから西洋的なものも知っているし馴染んでいるんです。いつも毛沢東のことを「土包子《トウパウツ》」、つまり田舎者といってバカにしていたそうです。歴史上の悪役について、実はいいところもあるよという話はなかなか出てこないものですが、そういうときに小説の刺激があるといいですね。歴史家にとってもフィクションというのはけっこう必要だと思うんです。

浅田　ありがとうございます。今は張作霖を書いていますが、彼の従来の評価は馬賊から成り上がって勝手なことをした人間ですし、息子の張学良は戦いもせずに逃げた弱虫です。『蒼穹の昴』で西太后や李鴻章を見直したように、そうではなくて相当な人物ではないかという視点に立って書いてみようと思ったんです。

張　あの時代の軍人というのは面白いですよ。現在の私たちからは想像もできないくらい教養がない一方で、しっかりと知恵があるんです。

浅田　張作霖という人は聡明で、自分の資質を案外知っていたのではないかと思うんです。自分は皇帝になるだけの器ではないと。だったら息子を皇帝にしようと思って、家庭教師をつけて、世界を見せ、帝王学を授けて、珠《たま》のように育て上げたんじゃないでしょうか。もちろん張学良は皇帝にはなりませんでしたが、皇帝としてやるべきことは西安事件でやったといえる気がするんです。

張　それは面白い指摘ですね。

浅田　西安事件では毛沢東にも蔣介石にもそれぞれの私欲がありますが、張学良はあの時点で身を捨てているわけですから、彼にあるのは中国という国だけなんです。その行動はやはり皇帝としての振る舞いなんですよね。そういうふうに考えていくと、龍玉というものは実は実体ではなくて、世界を統《す》べる者、その資質がある者に宿る魂のようなもので、それが人から人の手に渡っていくのではないでしょうか。

張　そのとおりだと思います。例えば蔣介石が敗れた理由のひとつは、学問がなくて知識人の支持が得られなかったことです。逆に毛沢東は詩もある程度書けたし、文人とも付き合うことができた。それで北京大学の教授などの知識人からさまざまな進言を受けて、彼はうまくいったんです。それが龍玉であり、天命なんですね。

浅田　文人としての素養があるということは、中国の支配者としての資格ですよね。文治の国ですから。

初出　「『蒼穹の昴』天命をめぐる時代の群像」（『IN★POCKET』04・10）

日本人を魅了し続ける志士たちの素顔に迫る

津本陽

つもと　よう
一九二九年、和歌山市生まれ。
作家。歴史大河小説の第一人者。著書に『下天は夢か』『泥の蝶――インパール戦線死の断章』『荒ぶる波濤――幕末の快男児・陸奥陽之助』『龍馬の油断――幕末七人の侍』『身命を惜しまず――安藤帯刀と片倉小十郎』『無量の光――新鸞聖人の生涯』など。

国民からの〝自浄作用〟

浅田　今、世紀末を迎えて日本では幕末、明治維新を見直そうという気運が盛り上がり始めているようです。今の日本を見てみると、国際世論とかグローバルスタンダードといったものが大きな前提になっていて、結局、アメリカがこうであるから、日本もこうしなければいけない、といった判断基準しか持っていないわけです。

一方、明治維新のときは、黒船来襲がきっかけだったにせよ、今のように外国から直接的な経済干渉とか、政治的な干渉を受けたわけではなく、いってみれば国民からの〝自浄作用〟として革命が起きたわけです。僕はそこに明治維新の価値があるんだと思います。こうした自浄作用、自分の力で国家を甦らせる、改革していくという精神こそが、現代日本で一番考えなければならない部分ではないかという気がします。

津本　幕末の頃の日本人と今の日本人の危機感を比べたら、それはとても比較にならないと思う。日本が大砲玉を撃ったって、外国の軍艦には何百発に一発ぐらいしか当たらないし、当たっても玉が転がるだけで少しも相手を傷つけることができないという状況ですよ。その上で、アヘン戦争などで列強諸国にさんざん痛めつけられた中国の姿を当時の日本人はすでに知っていたわけですから。
でも、今回の参議院選挙にあれだけの人が投票に行ったのには、ビックリしているんです。誰もがこんなことではどうにもならんと思ったんでしょうね。すでに〝自浄作用〟の兆しのようなものはあるのかもしれません。

浅田　幕末が面白いのは、今から見てもけっして遠い歴史の話ではないということだと思うんです。祖父や祖母に話を聞いてみたら、僕の曾祖父は明治二年生まれだという。明治二年といったら、まだ戊辰戦争で土方歳三が箱館にいたときです。肉親からそんな話を聞けるわけで、実は幕末はまだ手のとどくところにあるわけです。だから、今の時代の世相と照らし合わせて考えてみる素材は案外たくさんあるんじゃないかという気がします。

津本　江戸幕府の頃は序列ばかりを重んじて、有能な人材の登用をはばんでいました。これが幕府滅亡の大きな原因でしょう。実際、幕末に活躍した連中というのは、身分が低かった人が多いですよね。上士階級というのは、妾を囲ったりして遊んでいるだけですから、眠っているかの如くです。

既成事実にとらわれない

浅田　江戸時代はおよそ二百七十年間続きましたが、戦後の日本も、いわゆるアメリカ一辺倒の国の形がすでに五十年以上も続いている。その間に社会の仕組みとか一般常識がどんどん積み重ねられてきて、問題があっても「いいや、いいや」でそのまま放置されてきました。それが一番わかりやすい例は自衛隊なんですね。どういう法的根拠で自衛隊が存在するのか僕にはいまだにわかりませんが、五十年近くも存在するんだからしょうがないだろうという既成事実になってしまっている。

僕は昔から坂本龍馬という人間が好きなんですが、彼はそういった既成事実にとらわれないところがある。僕らは社会とはこういうものだと知らず知らずのうちに思い込んでしまう。でも、龍馬はそういう感覚がとんでいて、世の中を俯瞰しているようです。

津本　僕は、最近も『勇《ゆう》のこと』（講談社）で書きましたが、龍馬の祖父は商人で、カネで郷士（身分の低い武士）の株を買った人です。本家は鉄の売買をしていて、一万石の家老にカネの貸し付けもしている。家老が正月や盆に坂本家に挨拶にくるといった特殊な家だったんです。時代は士農工商の差別社会です。こういった家庭の事情も龍馬のような常識にとらわれない人間を生んだ理由のひとつなのでしょう。

浅田　彼はほかの志士たちとは全然違う、突出した行動をとっていますね。

津本　いわゆる志士と行動を共にするという気は、龍馬には初めから全然ないんです。彼は二十八歳で土佐を飛び出した。世の中が変わるということが見えていたんですね。欧米には階級制度はないわけですよ。それを幕府がひたすら隠していた。ところが、龍馬はアメリカで生活して戻ってきたジョン万次郎から外国の話を聞いてびっくりした。民衆の入れ札（選挙）で大統領を選ぶ国なんかあるのか、といってね。

僕は、龍馬は万次郎からたいへんな影響を受けていると思います。だから江戸でも、万次郎にせっせと会っているでしょうね。そんなことは歴史の史料には何も残っていませんが、龍馬の動きを解明するには、万次郎を無視することはできない。ある時期まで龍馬の行動を指導したのは、万次郎だったと僕は思っています。

浅田　龍馬は郷士という立場にもかかわらず、平気な顔をして幕末賢侯のひとり、松平春嶽に会っている。これは、龍馬が勝海舟と知り合う前ですね。いったいどういう人脈を持っていたのか、とても不思議です。

津本　それが肝心な問題なんです。はっきりしたことは言えませんが、おそらく、これも万次郎が絡んでいたと思うんです。万次郎は諸藩が海外から軍艦などを買うときにいろいろ相談をうけますから、そんなルートで龍馬と春嶽をひきあわせたとも考えられますね。

「いろは丸事件」の真相

浅田　龍馬の基本的な性格は、すごくポジティブですね。底抜けに明るい。誰とでも合わせていける柔軟性があって、いつも冗談をいって笑っているような感じがする。龍馬の手紙なんかを読むと、陽気ではしゃいだような文章を書いている。ところがよく考えてみると、あの頃の武士で歯を見せて笑っているとか、陽気に振る舞うというのは、それ自体、武士のモラルに反する。龍馬はそうした男だったんだと思います。龍馬の考え方や行動力もさることながら、明るく憎めないそのキャラクターが、薩長同盟をもたらしたように思えてならないんです。

津本　たしかにそのとおりですね。一方、「いろは丸事件」というのがある。海援隊のいろは丸が紀州藩の明光丸と衝突して沈んだ事件です。龍馬は沈没船の中には鉄砲が四百丁も積んであったから賠償せよとねじこんで、紀州藩から多額のカネを巻き上げているんです。実際には、船倉には砂糖しか積んでいなかったことが、後に海底写真などから明らかになっています。当時の「万国公法」にのっとって裁定を受けたといわれていますが、実際、事故の過失も海援隊側にあった。いざとなったら善悪とかそういったものまで乗り越えて、何でもやるというような部分がありますね。けっしてきれい事だけの男ではないんです。

浅田　イメージと違う龍馬といえば、彼が京都の定宿としていた寺田屋で、さかやきを剃った写真を見ました。ちょっと信じられないような感じでしたが、それは、あのボサボサの総髪で紋付き袴、革靴を履いた肖像写真があまりにも傑作だからなんですね。それで写真のイメージが一人歩きしているのでしょう。

津本　地元土佐の人の話では、きちっとした袴をはいて、さかやきを剃って、身なりもちゃんとした男だったといいます。

〝議を言うな〟

浅田　その龍馬とは対照的なのが西郷隆盛ではないでしょうか。龍馬と違って、西郷はどうも物事を深刻に考えるフシがある。本当はものすごく神経質な人なんじゃないかなという気がするんです。もしかしたら、西郷は龍馬の性格にすごく憧れていたのかもしれないですね。西郷の場合、自殺未遂で死に損なっているという体験もありますし、幽閉され、遠島になっている時期も長い。そんなときは内向的になって、いろいろ考え込むものでしょう。

津本　西郷さんの血筋の人に、これまでいろいろ話をうかがってきたのですが、彼らは西郷隆盛については、親父からも親戚からも、一言も話を聞いたことがないというんです。自分の家では祖先のことは言わない。これは西郷家に限らず、鹿児島県人はみんなそうなんですよね。

鹿児島県人はよく〝議を言うな〟と言うんですよ。要するに余計なことは喋るな、と。極端に無口、寡黙なんです。祖先のことを自慢するとか、子供に言い伝えてやろうかといった発想がない。全く何も言わない。伝統的に、非常に禁欲的な気質があるんです。それは大久保利通にしても同じで、ものすごく言葉が少ない。

浅田　それを考えると、江戸城開城の品川談判では西郷はほとんど何もしゃべらず、勝海舟が一方的にしゃべって、西郷の「よか、よか」で終わってしまったのかもしれませんね。でも、今の時代では西郷の流儀はなかなか理解されないのではないでしょうか。

津本　今はもっと自分を主張しないといけない時代ですから、西郷の流儀はマイナスかもしれない。ただ、薩摩人の気質というのは、戦争では非常に強かったと思いますよ。今日の日本人は、腑抜けになっている部分がありますが、当時の日本人の強みは戦国時代以来の武士道ですからね。武士道というのは〝廉恥〟と〝武勇〟です。幕末の連中は、西郷にしても大久保利通にしても、それを色濃く持っていました。

浅田　ただ大久保は西郷に比べるとずっと現実的ですね。

津本　だから大久保は明治維新が成ったあと、手間暇のかかる士族の救済などは切り捨てた。その時点で日本人の精神も切り捨てるような事態になった。それで西郷が爆発したわけですが、征韓論から西南戦争については、書こうとしてもよくわからないんですよ。ただわからないけれども、調べるだけ調べてみようとは思っているんです。

浅田　一つの想像ですが、征韓論を主張して明治政府を去り、西南戦争に至るまでの流れは、実は西郷の頭の中に筋書きができあがっていたのではないでしょうか。明治維新のあと、明治という国家をともかく完成させるためには、不平士族というものを何とかしなきゃならない。それを解決できるのは、侍のシンボルたる自分しかないというような考え方が西郷にはあったのでしょう。「不平士族の不満を一気に吸収して、一戦を交えて花と散る、これで自分の仕事は完成だ」。このように西郷の心情を忖度《そんたく》する説がありますが、僕はかなり説得力があると思う。おそらく西郷は、大久保ともすべて話はつけていた。であればこそ、最初から負けるつもりで一番派手な戦争をした……。ロマンチックな想像ではありますが、こう考えるとあの無口な西郷さんが、西南戦争の最後で言った「もうここらでよか」という言葉が、妙に重く感じられてくるんです。「ここら」というのは何なんだと、考え込んでしまいます。

「西南戦争はわからない」

津本　西郷という人物は本当に謎が多いんです。西南戦争の熊本城攻囲は、なんであんなことをやったのか、歴史家も小説家もみんなわからない。わざわざ必要のない攻撃をして、拙劣な作戦で潰れてしまうんです。早く負けたほうがいいと思ったんでしょうか。このあたりに西郷の行動の謎を解くきっかけがあるんじゃないかと思っているんですけどね。

浅田　さて、一方の討幕派の主役、長州なんですが、長州の場合は、吉田松陰にせよ高杉晋作にせよ、一番魅力的な人物が早く死にすぎたという感じがあります。

津本　僕は母方の曾祖父が萩市なんで、自分にも多少、長州の血が入っているんです。だから、長州のことは調べてみたいという気はあるんですが、どうも利にさといというか、そういう長州気質が、あきらかにありますね。新しい日本の政権をつくるときは、大変に開明的に動いて、伊藤博文なんかもなかなかの人物ではあるんですけどね。

浅田　主観を言えば、僕は東京生まれの東京育ちなので薩摩、長州にはいい印象はないんですよ。言うなれば、佐幕のお血筋なので、薩長は敵なんです。それでも、長州が最後まで徹頭徹尾、倒幕で押し通したというのはすごいと思いますよ。徳川慶喜も、後年『昔夢会筆記』の中で、「そういう意味で長州はたいしたものだ。でも薩摩は許せん」というようなことを言っていますが、僕もあの徹頭徹尾な姿勢には好感を持ちますね。

津本　薩摩はいったんは幕府をもり立てて長州を追い払い、主導権を握ろうとした。それがうまいことといかなかったら、今度は長州と手を組むわけです。だから薩摩のほうがワルといえばワルですよ。要するに長州が京都であまりにも力を持ちすぎたから、蛤御門《はまぐりごもん》の変で幕府側の会津と組んで長州を攻撃しておきながら、その後、パッと幕府を裏切るわけです。そういう現実主義者でなかったら、時代の変革ができないと言えばそれまでですけど、えげつないなとは思いますね。

西郷にしても、このときは完全に二枚舌を使っていますからね。要するに主導権を握るためには、いかなる方法もとるという方針だったとは思いますけど、そんな史料を読んでいると、ドライだと思いますね。戦国時代の侍というのは、勝つためには手段を選ばないというところがありましたから、西郷もそう考えたのかもわからんですね。

浅田　その薩摩に裏切られた徳川慶喜ですが、今は大河ドラマが放送されて、ちょっとした悲劇のヒーローになっています。でも、僕はどうしても慶喜が好きになれない。いかなる事情があれ、鳥羽伏見の戦いのあとで勝手に兵隊を置いて逃げてしまうというのはいかがなものか、と思います。鳥羽伏見の戦いについて、慶喜は「止めても止まらないので仕方がなかった」というようなことを言っています。でも、そういうこと自体、自分に統率力がないと言っているに等しい。聡明な人ではあったかもしれませんが、将軍の器、一国を任せられる男ではなかったと思います。

津本　そのとおりですね。あそこまで行ったら戦わないと、どうにもならない。その覚悟が慶喜にはなかった。

浅田　慶喜は水戸藩出身ですから〝勤皇〟というトラウマがあったとしか思えません。天皇を敵に回すという気持ちは、慶喜には最初からなかった。そこで、薩長が錦の御旗を立てたものだから、子供の頃から叩き込まれてきた勤皇の教えがトラウマとして一気に弾け出て、震え上がったのではないかという気がするんです。

津本　水戸藩の勤皇党というのは尾張の義直から光圀に流れたもので、もともとは本家の将軍家に対する反発から出たものです。水戸は将軍とはあくまで親戚であって、家臣ではない、家来ではないという反発心が、水戸の勤皇論を生み出しました。

　でも、慶喜は出身は水戸だとはいっても、そのときは将軍ですよ。将軍というのは家康以来、軍政を完全に掌握することで成り立ってきたんだから、錦旗を見てびっくりするというのは、実にバカバカしい。しかも、あんな旗はどこかそのへんで間に合わせに作ったようなものらしい。それを見ただけで逃げたというのは、もともと慶喜は気が小さかったんじゃないかと思いますね。

陸軍奉行とか軍艦奉行が引き連れたものすごい兵力が、慶喜の号令一下で薩長と一戦まじえる態勢になっていた。にもかかわらず、あわてて船で逃げ出して、紀州藩が将軍のために一万三千人を連れて駆けつけてきたときには、もう本人はいなかったというんだから話になりません。

浅田　単純に兵力を比較すれば、幕軍は官軍の五、六倍はあったはずです。当時、慶喜は家康の再来などと言われていましたが、関ヶ原と鳥羽伏見を較べてみると、まったく対照的なんですね。関ヶ原では、家康が圧倒的に不利でした。

津本　家康は豊臣と戦ったときも命を賭けて勝負していますからね。そうしたものが、慶喜にはまるでない。ここぞというとき、腰砕けになっている。僕が慶喜は嫌だなと思うのは、そこなんです。維新後、慶喜は外ではお茶を飲まなかったそうです。旧幕臣に暗殺される恐れがあったからです。無理はないと思います。幕臣からみれば、慶喜なんていうのは、水戸からやってきて幕府を潰しただけの男ですから。

「容保がかわいそう」

浅田　僕は京都守護職の松平容保があまりにも気の毒だと思っているんです。一番、貧乏くじを引いたのは容保ですよ。もともとは会津の人間でもない。高須藩の松平義建の息子だったものが会津に養子に入り、京都守護職に引っ張り出されて、ただただ忠実に幕府のために戦ったのに慶喜に裏切られた。

慶喜が大坂湾から江戸に脱出するとき、容保も一緒に行くんですが、そのとき、大坂を出る出ないで、大坂城内ですごいやりとりがあったと思うんです。慶喜は、とにかく怖いから江戸に帰ると言い張った。容保にしてみれば、「俺の立場はどうなるんだ。今まで戦ったのはアンタじゃなく俺一人だ。しかも俺はアンタのために戦っていたんだ」ということですからね。しかも慶喜は、江戸に逃げ帰ったとたん、弟の桑名藩主、松平定敬《さだあき》もあわせて、「桑名と会津の二人は登城差し止め」と、唐突に宣言する。「京都であういう悪いことをやったのは、おまえらなんだ。おまえらは戦犯なんだから城に入るな」ということです。これでは容保があまりにもかわいそう。

津本　慶喜はあそこまで圧倒的な兵力を持っていたのだから、ドカーンと薩長を叩き潰して、自分で新政府をつくればよかったんですよ。家康ならきちんと戦闘態勢を整えて闘います。ところが慶喜のほうは、ぞろぞろと物見遊山で出かけているんだから、もう実戦部隊ではないんです。

浅田　その後、東北諸藩が新政府軍に抵抗して奥羽戦争が起きますが、西郷は「もうやめとけ」と言って、あまり戦争には積極的ではなかったようです。仮に、慶喜が徹底抗戦の構えでも、どこかで和議が行われたのではないかという気がするんです。結果的に敗北しても、慶喜がきちんと抵抗しておけば、会津があそこまで悲惨な目に遭うことはなかったでしょう。ですから、慶喜が徳川の体面と、人の命を本当に考えるのだったら、徹底抗戦が正しい選択だったのではないかと思います。

津本　僕も徹底抗戦に賛成します。慶喜の態度は本当に嫌ですね。しかし、無能と言われた当時の幕閣のなかには、勝海舟という男がおりました。勝は江戸城開城に立ち会うなど、慶喜の判断にも重要な影響を与えたようです。

時代をつかんだ勝海舟

浅田　勝は言ってみれば東京人のヒーローなんですね。でも、勝の『氷川清話』なんかを読むと、そんなにすごい人物なのかという感じが、どうしても拭えないんですよ。自慢話に終始して、自分の都合のいいように話をしていたりするところがあって、例えば横井小楠（熊本藩士、論策家）のことを褒めることで、それと対等につきあった自分はえらいんだぞといっているようなニュアンスが鼻につくんです。
津本　それはずいぶんありますね。勝という男はもともと武士の家系ではなく、新潟出身の高利貸の曾孫なんです。
浅田　曾祖父が御家人株を買って武士になったわけですか。
津本　そうです。だから、彼の中には商人の血が流れている。それで士農工商の全階級を見る目がある。外国人を見る目がある。普通の人間なら混沌とした状況でさっぱりわからんようになってきたところでのカンどころが非常に鋭敏です。先入観の少ない男というか、非常に自由な目で物事をみることができたんだと思います。
浅田　そういうところがあるから、龍馬とも気が合った。
津本　そうだと思います。いつの時代でも、世に出てくる人間はみな同じで、パッと時代をつかむんです。どこをどう押さえたらいいかということを、すぐわかる感覚を持った人間が出てくる。勝もそういう人物の一人でした。
　逆に幕府や各藩の階級制度の上のほうにいる人は、漢学なんかで教育されて、勝のようにパッとつかむ力がない。尊王とか、そんな観念的なことばかり言うわけです。
浅田　勝の場合は、同時に海軍を背景とした情報収集力もあったのでしょうね。仮に彼が現代の政治家なら、まさに官房長官が適役でしょう。口が達者で自己アピールがうまい。今でもよくいるタイプですよ。僕は単身、官軍の総督府にのりこんだ山岡鉄舟のほうがはるかに立派だと思う。江戸開城のときでも、勝と西郷との話し合いばかりがクローズアップされて、勝が過大評価されて伝わっているようですが、実は山岡が先に行って一番危ない仕事をして、話の糸口をつけてきた。勝は最後にいいとこどりをしたような気がします。

今の日本を任せるのなら

津本　山岡の側近はそのことを非常に怒っていましたね。咸臨丸でアメリカに行ったときでも、勝はほとんど軍艦を操縦していない。だから、売名家のようなところがあったんでしょうが、それも彼の才能の一つだと思います。一方の山岡鉄舟は実に健全ですよ。あの人は六百石で、家柄は勝よりだいぶ上ですが、どんな危ない仕事でも、頼まれたら出ていく男です。極めて精神主義的で、政治的な才能は全くなかったと思いますが、すごい胆力があった。

政治的な才能といえば、今の日本を任せられる宰相は大久保利通かもしれません。内政にせよ外交にせよ、たぶん大久保総理ならすべてを掌握できるでしょう。今の政治ではよほど能力がある政治家でなければ難しい。

浅田　僕は坂本龍馬が総理大臣になったとしたらどうなるだろうか、という想像をしてみたくなります。龍馬なら、この五十年間の既成事実を一切とっぱらって、何かやりそうな気がする。五箇条の御誓文の原案となったと言われる「船中八策」のように、今の日本の改革案をすごくわかりやすく箇条書きに八項目を書いてきて、「これでどうだ」と言いそうな気がします。

津本　しかし、今の世の中は生活が豊かになりましたから、みんなボーッとしちゃって馬車馬のように走り回る人間がいなくなってしまった。

浅田　戦後、日本人の価値観はすべてカネ次第ということになってしまった。坂本龍馬は経済に明るく、功利的な側面もあったかもしれませんが、けっして彼のプライオリティーはカネなんかではなかったと思います。だからこそ魅力がある。もうそろそろ今の日本人も改めて目を覚まし始めるべきではないでしょうか。

初出　「日本人を魅了し続ける志士たちの素顔に迫る」（『現代』98・10）

北国の英雄　アテルイと吉村貫一郎

高橋克彦

たかはし　かつひこ
一九四七年、盛岡市生まれ。
作家。伝奇ロマンや歴史小説など多彩に活躍。浮世絵研究家としても著名。著書に『総門谷R』『火怨』『炎立つ』『風の陣』（全五巻）など。

高橋　『壬生義士伝』（文藝春秋）は構想二十年、だそうですね。
浅田　たしかに、二十年前に一度書き上げてるんですよ、三百枚程度で。それを「構想二十年」というふうに言っていいものかどうか（笑）。
高橋　二十年前っていうと、何歳のときですか。
浅田　二十七、八歳ですね。
高橋　それは応募なさったんですか。
浅田　某社に持ち込んでボツにされたという記憶があります。吉村貫一郎という新選組隊士について、新聞記者が聞いて回るという構成はそのまま。話し手もほぼみんな出てきてます。ただ、今から思うと、三百枚の梗概を書いたようなものでしょうね。
高橋　その時点で、盛岡の取材をなさったんですか。
浅田　いや、それはしてないです。行ったこともなかった。
高橋　でも読んでて面白かったなあ、上田組丁とか。正覚寺なんていうのは、僕の恩師の寺だから。
浅田　あ、そうですか。
高橋　高校時代は正覚寺から歩いて一、二分のところに住んでいて、『緋い記憶』で書いた家は、そのお寺のすぐ傍なんです。

聞き語りの形式にしたというのは、やっぱり子母澤寛の『新選組始末記』に書かれていない部分を継ぐんだ、というような思いですか。

浅田　というよりですね、僕は『始末記』の大ファンなんですけれども、聞き書きでドキュメントがこういうふうにできるんだというのにすごく興奮したんですよ。すごいと思った。ところが後に、あれのいいところは全部フィクションだって子母澤さんご本人が語っているのを読んで、すごいショックを受けたんです。ひどいと思った。こんなに憧れた『始末記』のいい話が、全部作り話だったなんてね。そのときのショックで書いたようなものです。あれが作り話なんだったら、これをもっと嘘のでかい小説にしてやれと（笑）。

高橋　僕も新選組は好きなので、『始末記』も当然読みましたけど、フィクションだというのは具体的には……。

浅田　それは言ってないんです。でも、吉村貫一郎の話はどう考えてもうまくできすぎている。それに、死期の迫った沖田総司が、黒猫を斬ろうとするけど斬れない、という話がありますね。あれなんかも、まあフィクションじゃないかという気がします。

高橋　なるほど、そういう気もするなあ。吉村という隊士は実在したんですか。

浅田　正式な隊士名簿に元南部藩士として名前は出てきます。ただ、いろいろ当たりましたが、南部藩の藩士録には吉村貫一郎という名前はないんです。

高橋　改名して参加したということは？

浅田　それも考えられるし、南部脱藩を騙《かた》っていた可能性もありますよね。

高橋　へェー。

浅田　ただしね、吉村に腹を切れと命じた大野次郎右衛門の名前も藩士録にないんですよ。彼は家老職ですから、ないわけはないんであって、そのへんから考えても吉村の逸話はフィクションにまず間違いないと思うんですけどね。

　ただ、これは『壬生義士伝』を書くにあたって知ったことですが、維新期の史料を集めた中に吉村の名前はちらりと出てくるんです。南部の脱藩で、鳥羽伏見の戦いの後で南部藩邸を訪ねた。旧知の某留守居役に匿ってくれるよう懇願したけれども、結局腹を切らされたという簡単な記述です。この話なんかを基にして子母澤さんが作った話ではないかと。

高橋　それは驚きだなあ。

　でもですね、古老たちの聞き書きのかたちで迫る形式が子母澤寛の敷衍《ふえん》でないとすれば、何が狙いなんだろう。吉村貫一郎という人物像を浅田さんが書こうとしたら、吉村の青年期から死ぬまでのことを、大河ドラマ的にライブで書いていくのが自然だと思うんですけど。

浅田　それは、客観で見た吉村貫一郎のほうがずっと魅力があるという考え方なんです。人間て一所懸命やってると、特に素晴らしい人間ほど自分の素晴らしさがわかってないというのがありまして、自分で、俺は素晴らしいんだと言ってるやつは実は大したことない（笑）。よくありますよね、あいつって自分の良さが全然わかってないんじゃないのっていうのが。吉村はそういうタイプの人間だと僕は思ったんですね。それを周りの人間に語らせることによって、書きたいと思ったんです。

史料がないほうが楽!?

浅田　今度の吉川英治文学賞の『火怨』（講談社）に関しては史料ってどの程度残ってたんですか。
高橋　正式な史料はほとんど残ってないですよ。
浅田　そうですよね。『続日本紀』の記述というのはどのくらい？
高橋　蝦夷について書いてるものを全部合わせても、ほんの数十行でしょう。
浅田　そうすると、あのなかに出てくる登場人物、まあ阿弖流為《アテルイ》は実在の人物なんでしょうが、あとは……。
高橋　諸紋とか、蝦夷側の武将はほとんど出てきますね。ただそれはこういう連中がいて、朝廷側から見ると目障りであると。そういう感じで名前が出てくるぐらいですからね。あと、例えば出羽でこういう蜂起があったとか、あるいは戦さはどういう状況だったとか、非常に淡々とした記述ですよね。

浅田　そうすると、実在しない人物も登場しているわけですね。

高橋　飛良手だとか、あと取実という人物なんかは創作ですね。

浅田　地図ってあるんですか。

高橋　ありません。地名がときどき出てくるので、それを基に復元していくんです。まあ江刺とか出てくるから、このへんだなというのはわかりますよね。

ただし、伝説が残ってるんです。各地に。例えば江刺のあたりには、阿弖流為がこういう戦いをしたとか、あるいは衣川のあたりではこんなことをしたというのが伝わっている。

浅田　それは文書で？

高橋　そうですね。郷土史家の人たちが蒐集した話がけっこうあるんですが、ただ強い郷土愛で書かれてるから、当然こちらも取捨選択はしますけれどもね。そうしたものも含めて、大筋の流れは一応史料に沿って書いてます。朝廷軍は勝ち戦さとして報告しているけれど、どうしたって、蝦夷の首を八十あげるために、自軍が千人近く死んでれば、実質的には負け戦さですよね。それがなぜこういう報告になっていったのかというのは、想像ですね。

浅田　そこがすごいなあと思った。僕なんかは、地図ひとつにしても、京都の地図も、大坂の地図も、盛岡の地図もあって、何時間でも飽きずに眺めてる。そうすると人物の動きが見えてくるというか、物語が膨らんでくるんです。史料もたくさんあるからそこから話を取ることもできるし、膨らむ取っかかりがいくらもあるんですよ。いわば史料という岩場の踏み場がいっぱいあって、それを登っていくのが膨らます作業なんだけれども、そういう意味でいうと、高橋さんの作業というのはのっぺらぼうの一枚岩を前にしてるようなもんで、そこを自力で登攀《とうはん》していくという作業になるわけでしょう。

高橋　ただ、史料があるほうが辛いですよ。そういう感じしません？　史料というのは限りないから、どこまで読めばいいか判断が難しいでしょう。

浅田　あ、それはね。

高橋　ないとね、諦めちゃうから、あとは想像するだけでしょう。ないのを膨らませるのと、あるのを削っていくのとどっちが大変かというと、やっぱりあるのを削っていくほうが辛いですよ。『炎立つ』を書いてたときも、例えば安倍貞任から藤原経清のあたりまでは史料がないんです。『火怨』と同じ状態だったんだけれども、そっちのほうが小説的にいうとうんと膨らんでいったんですよ。ところが平泉時代になって、泰衡のあたりになったら史料が莫大にある。公家の日記の類とか。これはもう捨てるしかないなというふうな感じで、削っていった。だから逆にいうと、史料があったところが一巻になって、史料のないところが三巻になったんです。

浅田　それは面白い。僕はまったく逆に考えてた、小説を書くときに。何の取っかかりもなかったら、全然それから先のストーリーって想像できないですよ。

高橋　うん。たぶんね、それは当たってるかどうかわかんないけれども、やっぱり小説の書き方の問題だと思うね。つまり浅田さんは人を書こうとしてるんですよ。僕は、要するに人よりも世界を書こうとしてる。世界を書こうとしてるときに、史料というのはあんまりありすぎると邪魔なんですよ。

世界を描くか人を描くか

高橋　これは同業者としてすごく興味がある点なんだけれど、そもそもなぜ、二十年前に吉村貫一郎に興味を持って小説を書いたんですか。

浅田　ひとつにはただの新選組おたくだからですね。それで、新選組の誰かを書きたいと思ったときに、吉村貫一郎という、かっこ悪い新選組隊士、惨めな新選組隊士というのにすごく興味を持ったわけです。僕自身結婚したのが早くて、食うのにも不自由した覚えがあるので（笑）。

高橋　シンパシーがあった（笑）。

浅田　ただ、新選組のメンバーというのは多かれ少なかれみんな吉村貫一郎だったというのが、そもそもの僕の考えなんです。だって、大そうな家の人なんていないわけだし、みんなドロップアウトしてきたか、侍になりたかった人たちの集団でしょう。出稼ぎ浪人的な人がすごく多かったと思うんです。だからこそ逆に、士道、士道と、徹底してそこにこだわったんだと思う。

　そのなかで、吉村だけは本音で生きてたみたいな気がするんですよ。武士道万能の世の中で、しかも武士になりたかった人たちが集った中で、吉村貫一郎だけはまるっきりの本音。だからみんなからしゃらくさいと思われ、斎藤一にしても、生かしておけないと思うぐらい腹が立ったんじゃないかなという想像なんですけどね。

高橋　周りからしたら、たまらんかもしれないね。

浅田　でも、妻子を食わせるためと言い切る吉村の姿勢は、いつの世にも変わらぬまるっきりの本音だと思うんですよ。僕だって、一所懸命仕事をしてるのは妻子を食わせるためでして、それ以外のことを口にするのは、やっぱりちょっと衒《てら》いが入る。そのへんは変わらないんじゃないんですかねえ。僕はそういうふうに思って書いたんですけど。

高橋　なるほどなあ。ただ『壬生義士伝』読んでてね、吉村貫一郎を軸にしながら、実は浅田さんは新選組を書いてるんだなと感じたんですよ。確かに語り手は吉村は何をしたかを話してるんだけども、実はそのときに、永倉新八が何をしたかとか、斎藤一がどこでどうやってたかとか、そこに浅田さんは興味を持ってるよね。だから、あ、これは読み方を間違う人がいるかもしれないなと思いましたよね、反対に。吉村貫一郎が主人公だと思って読み進めていくと、わきに入り込んでる部分の面白さが見えなくなっちゃうかもしれんなあと。

そこで思ったんだけど、例えば僕が同じことをやろうとすると、吉村貫一郎を主人公にしない。例えば新選組が何をしたかということを書こうとするときに、常にその中心にいた人物にスポットを当てたほうが書きやすい。さっき言った、世界を書くか人を書くかという問題でいうと、浅田さんは新選組おたくだから、要するに新選組が義であるということは暗黙の前提としてあるんですよね。でも、なぜ新選組が義なのかということを書くのが私の小説で、そのときに吉村貫一郎を主人公に据えちゃうと見えなくなってくるんです、新選組が義であるということが。それをやるためには、どうしたって近藤勇だったり、土方だったりする必要がある。で、吉村を選んだということは、もうすでに世界は必要ないんだろうね、浅田さんにとって。これはもう義なんだと。その中の人物を描いていくことによって、新選組とは何だったのかという問題をやってるんですよね。

浅田　いやあ、怖い指摘だなあ。

高橋さんの場合、『炎立つ』から『火怨』というと、やっぱり東北の歴史へのこだわりがあるわけですか。

高橋　ありますね。東北の人たちが、文化的に相当自信を失ってるんじゃないか、そういう思いがありますから。

阿弖流為の時代から、もう東北というのは全敗の歴史です、戦さでいえばね。そして負けるごとに誇りというのを奪われていってるわけですよね。今戦ったらわかんないですよ、相当東北も力を盛り返してきてるから（笑）。ただ、いかんせん歴史の教科書なんかでも、東北にいい話はほとんどないわけですよ。ああいう教育を受けてきちゃうと、どうしても文化的コンプレックスみたいなのが子供たちにあるわけですよ。自分たちの責任ではないのに、先祖の時代を引きずってしまって、口ごもったり、都会に行くと気後れしたりするでしょう。自分自身がそうだったという思いがあって、それで何年か無駄にした思いがあるんです。それをなんとか払拭したいと。

じゃあ何をすればいいかっていうと、僕はもの書きなわけだから、東北の歴史を書こうと思った。負けた側にだって理屈はあるんです。そこをきちんと書いていくことで、東北の人たちが元気を取り戻せるんじゃないかな、みたいなね。

浅田　藤原文化なんて、中央となんら遜色ないですよね。

高橋　ことによったら勝っていた部分だってあるんですから。

東北人と東京人の違い

浅田　そもそも蝦夷っていうのは、どういう民族なんですか。

高橋　やっぱりアイヌ、つまり東北に住んでいた原住民たちと、それから出雲のほうから追われて津軽のほうに入って行った、いわゆるアイヌではない日本の先住民ですね。その人たちが合体したかたちで、たぶんエミシというふうに呼ばれていたと思いますよね。

浅田　そうすると単一の民族を指す言葉ではなくて、大和朝廷に対する東夷ということでしょうか。

高橋　そうですね。つまり東北というのがね、要するにいろんな人たちの吹き溜まり的な土地ではあったんですよ。朝廷の支配する土地の範囲外というか、化外ということで、アイヌ人が住み、大陸から渡ってきた人も住む。さらにツボケ族とかアソベ族とか呼ばれた出雲一族が逃れてくる。当然、流刑地になっているし、貴種流離譚と言って、いわゆる何か問題があると、津軽とか、奥六郡に逃げ込むわけです。だから別世界というか、そういうかたちで境界線を引かれていただけで、そっち側に住んでるのがつまり夷というか蝦夷。そういう括られ方だったと思いますよ。それが一応は鎌倉時代に統一されて、そして鎌倉幕府、特に北条が東北にずいぶん楔を打ち込んでいって、どんどん、どんどん境界線をなくしていったんですよね。

僕は今でもね、東北に暮らす人はやっぱり蝦夷だというふうに感じてますけどね。まあ広い意味で地方人はみな蝦夷だというふうにイメージはしてますよ。だから阿弖流為の問題というのはけっして東北の問題ではなくて、地方と中央の対立の問題というかな。

浅田　僕、東北人て弱いんだよなあ。東京人てみんなそうなんですけどね、東北の人と相性が悪いんですよ。仲が悪いという意味じゃないんですよ。僕は長い間商売やっていて、自分が今まで被害を被ったのはどこの出身かって分析をすると、ほぼ全員東北出身なんですよ。これはどうしてかっていうとね、相性なんですよ。東京人の気性っていうのは意外と脆くて、頼まれるといやと言えない。つまり押しが強くて、何度断ってもまた来られてとやられていると、終いにはしようがない、いいよっていうことになる。その商売相手が東北出身だった場合、これはもう腰が強いから。

高橋　なかなか諦めないんだ。

浅田　また来たかっていう感じ。それで、すごく面白いなあと思ったのは、渡辺淳一さんが『遠き落日』で新しい野口英世像を描きましたよね。あの野口がね、東京で営業マンをやっている東北出身者にぴったりあてはまるんですよ。

高橋　ハハハハ。

浅田　なるほど、わかるゥっていう感じがあったんです。そういう意味で敵にすると弱いんです。しかも不思議なことに、僕のやってるアパレル関係は、圧倒的に東北出身者が多いんですよ。だからもう四面楚歌ですよ。

高橋　はあァ……。でもやっぱりそれは東北人が身構えてることが先にあるんじゃないのかなあ。都会の人間に騙されてはなるかみたいな、あるいは振り回されてはなるかみたいなのが先にあって、それがつまり度を越したかたちになっていくと、ちょっと押しが強いみたいな感じに見えるというのはあるんじゃないですかね。

浅田　気性が粘り強いですよ。諦めない粘り強さ。よく言いますね、昔の軍隊で、攻撃には九州の部隊を使うのが一番強くて、籠城戦をやった場合には東北の部隊を使うと一番強いって。そういう考えが、日本陸軍の用兵の常識としてあったらしい。

高橋　そういう苦い経験がありながら、かつ今回は東北人を描いたわけですね（笑）。

浅田　やっぱりね、いいやつが多いんですよ。関西の人間と東京の人間とでは、お互いやなやつだと構えちゃう、最初から。でも東北の人にはそういう感情を抱かない。だから友達も多いんですけど、気がついたらやられてた（笑）。

方言の使用は是か非か

高橋　『壬生義士伝』の盛岡弁には驚きました。誤解のないような、ほんとにきちんとした書かれ方をしている。それには感心したんだけれど、同時に、私は方言を意図して使ってこなかったから、その立場から敢えて言わしてもらうと、聞き書きで書かれている吉村貫一郎の凜々しさが、方言で書かれている本人の独白のときにね、失われちゃってるんですよね。それはやっぱり方言のせいだろうと思う。

浅田　苦しいところだなあ。

高橋　僕も岩手弁だとか、東北弁をちらっと使うことはあるんですよ。それはね、もう紛れもなくいい人物としてね、あるいは素朴な人間として描きたいと思ったときにしか使わないんですよ。それで『炎立つ』とか『火怨』でいっさい使ってないのは、あれは心と心の対立を書きたかったからで、そこでは方言は邪魔になると考えたんですよ。

それはたぶん東北弁に対しての僕自身の偏見が介在してるんだと思うけど、幕末期から明治にかけて、東北人というのは悲惨なところに追いやられましたよね。東京での働き場所というと、警官だとか、あるいは下男、下女の世界ですよ。だから東北弁、ずーずー弁が汚いというふうに言われたのは、いわゆる社会層でいうと底辺の人たちが使った言葉だからなんですよね。そうすると東北弁で、例えば「政治のことはおめはん方にはわからねえのす」と言ってもね、なんかほんとにこいつ考えてるのかな、みたいな（笑）。

浅田　たしかに余分なイメージが入ることはありますよね。

高橋　やっぱり標準語で「政治のことはあなたたちにはわかりませんよ」と言うと、なんか深いところで言ってるような感じがするじゃないですか。そういう言葉のイメージがすでにできてしまっている以上ね、それを使うと、作家の意図したことが伝わりにくいんじゃないかという気がしたんですね。東北人ですらそういうふうに思ってる部分があるから、そうすると、素朴ではあるけれども、例えば政治向きのこととか考えずに、単純に時代に動かされた純朴な人間としてしか、吉村は捉えられないんじゃないかという懸念を感じたんです。

浅田　僕はね、東北弁に関して言いますとね、偏見どころか、強い憧れを感じてたんですよ。なぜかと考えると、僕ら東京人というのは言葉を失ったんですよね。これはほんとに原東京人じゃなきゃわからない悲しみなんですけれども、特に高度成長期に生まれ育った僕らというのは、ある意味で古きよき東京も知ってるわけなんです。僕の祖父母は、それこそ歌舞伎の台詞みたいに美しい江戸弁を使ってた記憶があるんですよ。うちの父親まではそうだった。でもそれが僕らの世代になってから、まず、町の面影がなくなって、町名までも全部奪われて、もう見る影もなくなった。それでね、自分が言葉を扱う仕事をする段になったときに、方言に関してある使命というか、強い強迫観念を抱いちゃったんです。ともかくそれは使わなければならない。失わせてはならんと。

実はすごく難しかったんです、あの岩手弁というのは。僕は小説の中でいろんな方言をマニアックに書いてますけれども、どの方言も岩手弁ほど難しくはなかった。東北弁の特徴は、ほんとは言葉の持ってる音楽的な美しさで、それを字で書いてしまうとちっとも伝わらない。それをいかにして伝えるか。あの小説のなかで一番エネルギーを使ったのは方言だったような気がしますね。

高橋　あれは指導してくれる人がいたんですか。

浅田　ええ。あらかじめ、資料で方言のおおまかな部分は頭に入れてましたから、まず自分で書いてみて、それに手を入れてもらいました。

高橋　なるほどね。

浅田　実は今日、こちら（盛岡）のラジオ局が岩手弁で、一部朗読をしてくれたんですよ。それを聞いてちょっと涙が出ましたね。とっても音楽的なんですよね。

高橋　そういう側面はあるでしょうけど、私がなぜ東北弁を使わないかという理由のひとつには、いわゆる戦さとか政治向きの語彙が少ないんですよ、東北弁には。ということは、蝦夷がいかに戦さと無縁だったか、政治と無縁だったかということなんですが、だから思想を語るときにね、僕らも東北弁で語るということはないですよ。それはどうしたってね、新しい言葉というのを入れてこなきゃいけない。これはけっして卑下じゃないですよ。

例えば浅田さんが吉村に言わせたいことを文章にしますよね。それを東北弁に直すときに、語彙が少ないから、同じことの繰り返しになってくる。例えば「料亭で会おう」という。これを東北弁に直そうとすると、「料理屋っこで会うべ」ってなるんです。料亭と、或いは割烹、小料理屋とではニュアンスが違うわけですよね。

浅田　それが伝わらない。

高橋　そうなんですよ。「料亭で会うべ」ってやればいいんだけれども、「料亭」というのは東北弁にそぐわない感じが無意識にあって、「店っこで会うべ」となる。そのことで、すごく素朴になっていくんですよ。そう考えていくと、吉村は東北弁に直さないほうが、凜々しさがそのまんま伝わったんじゃないかなあと……。

浅田　吉村については、最後まで意識してたのは、自分は侍でもねえ、百姓でもねえ、ただの貧乏人でござんすという、そのスタンスは守りたいと思ってたんですけれどね。

高橋　ですから、吉村貫一郎の口癖の「おもさげながんした」という、あれは非常に効果的ですよね。ああいうところは本当にうまく生かしてると感じたんですけどね。

浅田　僕は、言葉が標準語に変わると、その地域の気性も失われるような気がするんですよ。よそはどうか知らないけど、東京の場合は明らかに同時進行したから。言葉が寂れていくのと同時に、東京人の気性、ダンディズムが失われた。言葉がすごくみっともなくなって、人間までそうなったという感じを僕は受けるんですよね。どこの地域にも、九州なら九州、北海道なら北海道の県民性というのがはっきりあるわけで、言葉と共にそれが失われていくというのが一番の文化破壊だという気がするんです。

僕の小学生のときに、東京の小学校全体で「ねさよ運動」というのがあったんです。つまり東京の方言の特徴である、語尾に「ね」とか「さ」とか「よ」とか付けるのをやめろと。それは下品であるから。それを一回使うと、先生が胸にリボンを一つ付けちゃうんですよ。つまり方言を否定する教育というのが堂々と東京の小学校では行われたんですよ。そういうふうにして、東京っていうのはいろんな意味で文化が破壊されていったんです。今から考えればずいぶん惨めな話でしてね。

高橋　はあァ……。

浅田　でも、おかしな話がありまして、結婚した頃、女房に軽蔑されましてねえ、言葉が汚いって。女房は静岡の生まれなんです。どこが汚いかって、あなたの「ね」と「さ」と「よ」はいいっていうんです。「ばか野郎」をやたら言うっていうんですよ。気がつかなかったの、全然。そういえば東京人は、親しいもの同士って、「ばか野郎」と「この野郎」が接頭語、接尾語なんですよ。

高橋　ハハハハ。

浅田　べつに相手を罵ってるんじゃないんです。例えば町で友達とすれ違ったって「な〜にやってんだ、ばか野郎」って言うんだよね。それで向こうはさ、「お、久しぶりだな、この野郎」って言うんです。だから女房と結婚したばっかりのときには、「おい、めしにしろ、ばか野郎」と（笑）。これがね、いちいちあッたまにきたらしいんですよ。

人物造形の難しさ

浅田　今回初めて経験しましたけど、歴史小説の分野というのは高橋さん含め大勢先達がいるわけで、相応の覚悟がないと書けないですよね、怖くて。

高橋　まともに家康とか信長を書こうとしたら、前の人たちがつくってきたイメージを踏襲したらいいのか、壊したらいいのか、その判断でもう迷いますよね。『壬生義士伝』にしても、そこが一番苦労したんじゃないですか。沖田総司はできてる。永倉新八はできてる。そのあたりを登場させながら、どういうセリフを言わせせるか。既存の人物像と違うものを作り上げながら、なおかつこっちのほうがいいと思わせるというのは大変ですよ。

浅田　僕はね、すごく単純に、自分が今まで生きてきたなかで、どこの会社でも、どこの職場でも、こんなのいるだろうっていう感じのやつを単純に当てはめてみたんです。巷間言われるところの沖田総司的人間というのは、そうはいないと思うんですよ、美青年で、剣の腕がすごくて、なんて。でも、僕の書いた沖田というのは、こういうタイプ、いるよね、みたいな。何でも茶化しちゃって、何でも冗談にしちゃう。もちろん笑ってなきゃやってらんないっていうのが彼の本音なんでしょうけれども、そういう感じの人を僕は想像して作ってみたんですけれども。

高橋　感心したな、沖田総司が「斬っちゃいましょうか」という部分なんて。ああいう沖田像というのは今までなかった。斎藤一にしても、ああいう印象の書かれ方というのは僕は知らない。

浅田　斎藤一というのは、熱狂的なファンがいるから、そろそろ投書が来る頃だと思っているんですけどね、これはひどすぎるという（笑）。

高橋　『だましゑ歌麿』を書いたときに、一番怖かったのはそれなんですね。歌麿のイメージとか北斎のイメージというのはもう出来上がってる。みんなが持っているイメージと僕が持っているイメージのギャップというのを、そのまま出していいものかって、すごく迷う。

やっぱり北斎は変人、奇人として書くべきなんじゃないかとかね。

浅田　でも、多かれ少なかれそれをやっていかなければね。ただ、どうしても動かし難いケースというのもありますよね。土方を格好悪くは書けないわけですよ、新選組でいうと(笑)。

高橋　その意味で、浅田さんはほんとうにうまい書き方をしたんですよ、聞き書きというかたちで。しかも、年老いた人間たちが、若い連中たちの行動を語るという視点で進めているでしょう。さらに斎藤一なんかにしても、べつべつの見方で書くことによって、読者に違和感を与えることなく、新しい像を作ることに成功してるんですね。あれをライブで物語を進めていっていたら、斎藤一は違うよという人が必ず出てくる(笑)。

浅田さんは取材は精力的にされるようですね。

浅田　舞台になった土地の空気とか、風とか、そういうものはなるべく感じたいと思ってますね。主人公が味わったのと同じ風に触れてることが大事だと思うので、足しげく通うようにはしてるんですけれども。

この一月に、最後の取材で一関から鈍行列車に乗って盛岡まで行ったんですけれども、乗り降りする人たちの表情であるとか、耳に入ってくる声であるとか、それはとても参考になった。それと、岩手山がぱっと見えたときのその姿、それを見た瞬間の自分の心の動きっていうのかな、それはやっぱり取材しなければ摑まえ切れなかったと思うんです。
　ただ、これも良し悪しでね、行かないほうがいいという場合もありますよね。『蒼穹の昴』のときに、北京の取材の段取りをして、仕度までしたんです。そしたらね、史料をもらった中国人留学生に、こういう話を書くんだったら、今の北京なんか見たらぶち壊しよって言われた。
高橋　僕も基本的には取材はしたほうがいいと思ってるんです。ただ僕の場合ね、わりとせっつかれて書くことが多くて（笑）、行きたくても行けない。だからね、僕が「記憶シリーズ」とかで盛岡にこだわるのは、結局、近くだから。
浅田　ハハハハ。
高橋　もうひとつは、僕の場合、どんな長い小説でも事前にストーリーは考えない。とりあえず始めちゃうわけです。新聞連載でも、一週間前ぐらいから書き始めるから、毎日綱渡りになる。取材を入れたくても入れられないし、例えば二週間あとにどこの場面を書くかというのも全然わかんないわけですよ。
　取材ができないから、必然的にどんどん小説世界が限定されてきてますね。時代小説を書くようになったのも、ひょっとするといわゆる取材をしなくてもいいというのがあるかもしれないね。例えば江戸を書くのに今の東京を見てもしようがないとか（笑）。

高島彩
ドキドキが
始まる予感。
幻冬舎文庫の
春フェア
最新刊

ディスカスの飼い方　大崎善生

恋の行方も宇宙の果てもその熱帯魚が知っている。

熱帯魚の王様・ディスカスの飼育に没頭し過ぎて、最愛の恋人・由真を失った涼一。かつて幸せにできなかった恋人を追憶しながら愛の回答を導く、ロマンチシズム溢れる恋愛小説の最高峰。

630円

ひとりが好きなあなたへ　銀色夏生

「ひとりが好きなあなたへ　これは出さない手紙です」

ひとりが好きなあなたへ。そんなあなたが私は好きです。どうかあなたの旅が、安らかなものでありますように。鮮やかな万華鏡の写真と静かな詩が胸を打つ、写真詩集。

文庫書き下ろし

560円

茨の木　さだまさし

父の形見のルーツを辿る旅が教えてくれた、家族の絆。

父の形見のヴァイオリンの製作者を求めて、イギリスを訪れた真二。美しいガイドの響子と多くの親切な人に導かれ、辿り着いた異国の墓地で、真二が見たものは……。家族の絆を綴る感涙長篇。

680円

ポン女革命！　蝶々

ニッポン女性を、タフに美しく進化させる、179のスローガン

胸でも腰でもない。肝心なのは、ヘソまわり。胆力。

現代的でタフな日本の女性「ポン女」。素敵だし頑張ってるのに、心が満たされないポン女に必要なのは、「勇気・恋心・胆力・母性・生命力・第六感・女力」。7つの力を引き出す珠玉の言葉集。

520円

細川貂々　最新刊

イグアナの嫁

映画「ツレうつ」原作！
無職・無気力・後ろ向き。
ダメ夫婦の成長物語。

560円

私が結婚できるとは　イグアナの嫁2

ともに無職のダメ婚！
「ツレうつ」夫妻のマル秘結婚ストーリー。

520円

大わらんじの男(二)　八代将軍　徳川吉宗　津本陽

幻冬舎時代小説文庫

吉宗が命を賭けた藩政改革の末路とは？

600円

バブルでしたねぇ。
伊藤洋介
不況しか知らないあなたにも、ぜひ。
560円

ふり返るな　ドクター
研修医純情物語
川渕圭一
37歳の脱サラ・ドクター、不思議の国、大学病院を行く。
680円

大阪ばかぼんど
ハードボイルド作家のぐうたら日記
黒川博行
奔放初公開!?　作家の汗と涙と笑いの私生活。
680円

私の10年日記
清水ミチコ
テレビの中を自由自在に遊泳するタレントの、きっぱり面白いエッセイ。
840円

悪の華
新堂冬樹
情は己を殺し、非情は己を生かす。愚者は情を、賢者は非情を選ぶ――。
1000円

若頭補佐　白岩光義
東へ、西へ
浜田文人
この男に、女も男も羨み、虜になること間違いなし。痛快エンタメ小説！
680円

47都道府県　女ひとりで行ってみよう
益田ミリ
旅費220万円を使った。「ただ行ってみるだけ」の旅の記録。
600円

ほたるの群れ1
第一話　集《すだく》
向山貴彦
文庫オリジナル
十四歳、殺し屋。壊れていく日常をその手で守れ！
520円

夜に目醒めよ
梁石日
金と女がなにより大事。暴れ者、テツとガクが帰ってきた！
760円

異邦人
Lost in Labyrinth
吉野匠
あのレインが、東京・秋葉原に到来――!?
600円

すべての人生について

浅田次郎

ヤワな価値観を刺激し、根本から覆す金句集!

〝饒舌型の作家〟を自認する浅田次郎が、各界の著名人との真剣かつユーモラスな対話を通して、思いがけぬ素顔や含蓄ある人生哲学、創作の秘話を披露する。貴重な対話集、待望の文庫化!

630円

奇跡のリンゴ

「絶対不可能」を覆した農家
木村秋則の記録

石川拓治

リンゴ一筋の男が見つけた「真実」とは。

リンゴ栽培には農薬が不可欠。誰もが信じて疑わないその「真実」に挑んだ男がいた。「死ぬくらいなら、バカになればいい」。壮絶な孤独と絶望を乗り越え、男が辿り着いたもうひとつの「真実」。

560円

竜の道（上・下）

白川道

お前は表舞台で輝け。俺は裏社会を支配する。

兄は裏社会の支配を目論んだ。弟はエリート官僚の道を進んだ。表と裏で君臨し、あいつを叩き潰す――。修羅の道を突き進む双子が行き着く先は？ 息苦しいほどの命の疾走を描いた傑作長編。

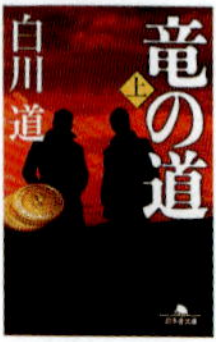

各680円

無趣味のすすめ

拡大決定版

村上龍

こんな時代を生きる指針を示す、ラジカル(根源的)な箴言集。

「真の達成感や充実感は『仕事』の中にある」。孤立感を抱えた人々が、この淘汰の時代を生き抜くために大切な真のスタートラインを提示する。多数の単行本未収録作品を含む、61の箴言!

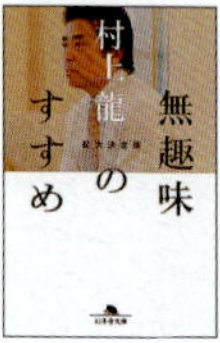

480円

表示の価格はすべて税込価格です。

幻冬舎 〒151-0051 東京都渋谷区千駄ヶ谷4-9-7 Tel. 03-5411-6222 Fax. 03-5411-6233
●幻冬舎ホームページアドレスhttp://www.gentosha.co.jp/ ●shop.gentosha http://www.gentosha.co.jp/shop/

浅田　それでよくわかりました。『火怨』を読んですごく憧れたんだけど、ストーリーに壮大な広がりがあって、この先どうなっていくんだろうって、わくわくする感じがあります。それにひきかえ僕の小説は、もう先がわかってるじゃないか、知れ切ってるんじゃないかっていうのがすごく多くて。僕は高橋さんと逆でね、まるっきり全部組み立てておかないと書き出せないんですよ。

高橋　短篇もですか。

浅田　短篇でもそうです。だから極端な場合になると、後ろから書いてっちゃった小説があるんですよ。先にラストシーンを書いちゃう。そうすると、そのラストシーンを書くために、その次の五枚を書いていって、気がついてみたら、最後がトップに行っちゃったという短篇がありましてね（笑）。

臆病なんですね。最初から全部きっちり組んでおかないと、もうびびっちゃって最初の一行が出られないんですよ。でも高橋さん、新聞でもそうなんですか。すごいなあ。

高橋　ストックはせいぜい翌日分ぐらいですよね。

浅田　そうすると、矛盾点が出たりしないもんなんですか。

高橋　矛盾点は小説のなかで考えるんですよ。矛盾点に気がつきますよ、もちろん書いてるうちに。あれ、あのときは違うことを書いてたなと思うと、じっと前のほうを遡って読んで、それを小説のなかで書いていくんです。

いかにいい加減に書いてるかというのは、『週刊文春』で「だましゑ歌麿」の連載をやったときは、始める前には全然違う話だったんですよ。六〇年代のグラフィティーを書こうという話をしてて、盛岡で、ちょうど自分の青春と重ね合わせた六〇年代の何日間かをミステリーにするという約束をしてた。そしたらある編集者がそれを聞きつけて、やめなさいと。たくさんの人が読む週刊誌で、盛岡なんていうローカルな話をやったって、それは絶対あなたにとってマイナスだと言われたんです。それが締め切りの二週間前ですよ。そう言われたってなあと困ってね、じーっと考えてるうちに、しようがないから、じゃあとりあえずまったく関係なく歌麿をやるかと。だから二週間前にね、こういうのに変えたからと編集部に言って、それからストーリーを考えた。

浅田　ほんとですか。

高橋　ストーリー考えるったって、一週間分のストーリーですからね（笑）。

浅田　でも、例えば途中で、将来こうしようって伏線張ったりはするでしょう、やっぱり。

高橋　だからそれはその都度、その都度考えるわけですよね。

浅田　へェー。

高橋　まあとりあえず歌麿をやろう、つまりは寛政の改革の矛盾点みたいなものを書いていこうというテーマはもちろん決めるわけですね。でも二週間前までは違う小説を準備していたわけだから、さすがにあのときは不安でしたけどね。

浅田　やだなあ、考えただけで怖いなあ。でも『火怨』の冒頭なんていうのは、やっぱりあれしか書き出しはないように感じますけど。『続日本紀』の話を年代順に出してきて、非常にうまい具合に阿弖流為が登場してくる。

高橋　いや、書き出しは僕、わりとうまいんですよ。書き出しだけは四日ぐらい考えられるから（笑）。でも始まっちゃうともうないんですね、時間が。

浅田　僕がやったら、たぶんめちゃくちゃになると思います。だって最初から伏線張る癖があるからさ、あざとく（笑）。これはこういうふうに消えさせるよっていうのがあるから、たぶん僕がそれやったら、伏線張りっぱなしのまんま、あいつどうなっちゃったんだ、とかいうことになる。

高橋　これはね、自分が一番気づいてることなんだけれども、僕の小説は女の人をね、華やかさを狙ってとりあえず出すんですよ。ところが途中から要らなくなるわけ、そういう話じゃないから。そうすると結局、まさかほっとくわけにいかないから、例えば「あの子どうしてるんだろうなあ」って一言入れるわけですね。そうしておいて、そんなこと考えてる場合じゃねえだろうと受ける。それで辻褄合うんですよ（笑）。

浅田　ハハハ。

高橋　だから半端な感じの女性が出てくる（笑）。先がわかんないから、とりあえず登場人物をたくさん出しておくんです。そうしといて、あとで使う駒をみつけてくればいいと。

浅田　行方不明者は出さないんですか。

高橋　だからね、「女のことなんか考えてる場合じゃねえだろ」で、消えてもらうんですよ（笑）。

浅田　今日はいろいろ勉強になりました。盛岡に来た甲斐がありました。

初出　「北国の英雄　アテルイと吉村貫一郎」（『オール讀物』00・6）

我らが新選組

なぜ我々は新選組に、幕末に、歴史小説に惹かれるのか

北方謙三

きたかた　けんぞう
一九四七年、佐賀県唐津市生まれ。
作家。ハードボイルド小説、歴史小説を中心に執筆。著書に『友よ、静かに瞑れ』『水滸伝』『破軍の星』『望郷の道』『楊令伝』『史記』『抱影』など。

北方　最初に新選組に接したのは、子供の頃のチャンバラかな。鞍馬天狗をやるか近藤勇をやるかで、僕はいつも迷わず正義の味方の鞍馬天狗だった。

浅田　僕は年寄りに育てられたもんだから、子供の頃に東映のチャンバラ映画を片っ端から見させられたんです。だから新選組というのはとても身近にあったんだけど、彼らは常に悪役でしたね。

北方　それはそうでしょう。だって、天皇に逆らったんだから。戦前は特にそういう見方がされていたんでしょう。

　僕が改めて新選組を意識したのは、自分が大学にいた一九六七、八年。その頃、新選組はよく機動隊にたとえられていたんですよ。当時、関西から闘争のために上京してきたやつらが新選組の替え歌を歌っていてね。ゲバルトに行くときなんか、腰に棒下げて、「加茂の川原で学生が騒ぐ／飛ぶは血の雨、石つぶて／左翼という名に命をかけて、京都府学連は今日も行く」って歌いながら出掛けていく（笑）。そいつらも強かったなあ。

浅田　僕はその歌、ライブで覚えてます。三橋美智也がね、近藤勇の恰好をして歌うんですよ。ちゃんと胴に丸に三つ引きの近藤勇の家紋が入ってて、その上にだんだら染の羽織を着て「加茂の川原に……」って。今、壬生寺の墓地へ行きますと、その歌の歌碑が建ってるんですよ。お金を入れると歌が流れる（笑）。

北方　へえ、あれは三橋美智也だったんだ。それで、その歌を聞いた頃から新選組に関心を持ち始めて、最初に読んだ新選組の小説は村上元三さんの『新選組』でした。でもこれは、秋葉守之助という架空の人物が主人公だったから、他の作品にも当たって、広がっていった。

浅田　僕は十七、八のときに子母澤寛の『新選組始末記』を読んだんです。これはハマりましたねえ。

北方　でも『始末記』は結構いいかげんなんでしょう。全部本当の話だと思っていた？

浅田　思いましたよ。丸々信じてた（笑）。ドラマチックで、素晴らしい世界だなあと感動しましたね。だから後に、子母澤寛が「面白いところは全部私の創作だ」って告白したとき、ものすごいショックを受けたもの。ほとんど暗記するくらいに読んでたから。で、面白いところというとだいたい思い浮かぶから、沖田総司の死んだ場面もウソ、山南と明里の別れもウソ、と……。あの明里の話が創作というのは罪だよなあ。

北方　でもまあ、あれはいかにも創作っぽいけどな（笑）。

浅田　確かに、自分が作家になってみると、これは創ったな、っていうのがわかるんですよね。でも、実際にまだ山南敬助が切腹した部屋が残っていて、ここの窓の格子から明里と……なんて言われるとさ、うっかり信じちゃうよねえ。

北方　今だって、新選組のファンで、子母澤さんの『始末記』を本当だと思っている人は多いと思うな。

浅田　いかにもすべて自分がインタビューしましたよといわんばかりに書いてあるからね。まあ、子母澤さん以前にも新選組の話っていうのは講談で非常に有名だったわけだから、明里の話なんかも、もしかするとどこかの講談師が作った話を子母澤さんが書いただけかもしれないですね。

　だから、僕は『壬生義士伝』で新聞記者風の男が聞き書きをしている形で物語を進めてますけど、あの男は子母澤寛のつもりなんです。こっちはショックだったんだから、もう一回ちゃんと聞いてこいと（笑）。ま、一種の意趣返しですね。

北方　浅田さんが『壬生義士伝』で主人公にした吉村貫一郎、あれも『始末記』に出てくるけど……。

浅田　いたのは確かなんですが、細かいエピソードは子母澤の創作の可能性が高いです。

北方　じゃあ、吉村が鳥羽伏見の戦いを切り抜けて、南部藩の藩邸に戻って助けてくれ、って言う場面は……。

浅田　吉村が言ったたって子母澤さんが言っているだけ（笑）。

北方　藩邸で相手をする大野次郎右衛門、あの人は？

浅田　大野は完全な子母澤寛の創作です。あれはショックだった。僕は南部藩の藩士録を徹底的に調べたんだけど、載ってないんですよ。吉村は足軽だから書き漏らしたかもしれないけど、大野は四百石取りの御重役のはずなんだから、これは書き漏らすはずがない。でもね、南部藩の侍の中には大野という名前は一件もないんですよ。

というふうに、調べれば調べるほど、あれも嘘だろう、これも嘘だろうというのが出てきて。今『オール讀物』で連載してる「輪違屋糸里」の主人公の糸里という女性。これも『始末記』に出てくるんですが、取材してみたら、どうも輪違屋には実在しなかったらしいんですよ。また子母澤さんに騙されたと思いつつも、逆に今度は「しめた、これで自由に書ける」と。

北方　そう、わからない部分というのは、実は作家にとってはすごく助かるんだよ。実在の人物をどんどん追いかけていって、あるときからパッと消息が途絶えて、墓もないという状態になると、あ、こいつはついに俺のものになった、と思うね(笑)。

浅田　あと、諸説紛々として定まるところがないという場合もそう。何を言ってもいいわけですからね。逆に、確定している事実に関しては、それにある程度沿っていかなければならないから、窮屈ですね。

ただ新選組に関して言えば、近年、新発見が相次いで、五年前の史料がもう覆っていたりする。しかも、コアなファンから成長した研究家がたくさんいて、みんな自分の考える新選組が一番正しいと思っているんですよ。自分こそまことの新選組を知っていると思ってますから、ちょっと今までと違うことを書くと、一斉に文句が来る（笑）。

北方　そうなんですよ。しかもそれが隊士の人格にまで及んでいるんだよね。俺なんて『黒龍の柩』の新聞連載が終わったとき、「これは本当の土方さんじゃない」って、ものすごい抗議が来た。あれは小説なのに（笑）。たまんないよなあ。

俺は最初、土方が死に場所を求めて箱館へ行ったという説にはどうしても納得できなかった。それがこの小説を書く出発点だったんです。死ぬのなら会津で死ねるはずなのに、会津から仙台、箱館と徹底的に戦って、しかも蝦夷地に渡ってから土方は負け知らずなんですよ。あれだけ粘って、土方は、一体何を求めて箱館へ行ったか？　そこを一番書きたくて、自分なりの解釈であああいう物語にしたんです。

浅田　熱烈な土方ファンの予想を覆す、斬新なラストでしたよね。何十年か経ったら、こちらのほうが、子母澤寛さんの代わりに信じられていたりして（笑）。

沖田総司は陽気で結核？

北方　あと、新選組の隊士の中では、僕は山南敬助というのがすごく気になる。総長のくせに脱走して、一人で迎えに行った沖田総司を大津で待っていたんですね。で、すごすごと帰ってきて、そのまま切腹して死ぬ。通説によると、土方と仲が悪かったからだと言われているけれど、それなら徹底的に逃げればいい。土方がたぶん腹を切らせるとわかっていたのに、待っていた。これは絶対おかしいと思ったんです。

浅田　伊東甲子太郎一派を弱体化させるための行動だったという、あそこの北方さんの解釈はとても説得力がありました。

北方　解釈というと、浅田さんと僕で一番違うのは、沖田かな。『壬生義士伝』の中では、沖田は陽気で、でかくて、結構活動的に描かれているでしょう。僕は唯一自分の体験から言えるんだけど、結核に罹っていると、あんなに元気が出ないんだよ。

浅田　えっ、北方さん、結核だったんですか。

北方　十八のときに。大学受験の前に見つかって、その後二年ぐらいは抗生物質を打ってました。まず食欲がなくなるんですよ。飯が食えなくなる。それで、体がかったるくてどうしようもなくなる。

浅田　へえ、そうかあ。沖田は元気じゃまずかったかな。

北方　微熱もずーっと続いているから、体が熱っぽくって、だるくてね。で、元気はないんだけど、そのくせやたらと女を抱きたくなる（笑）。

浅田　ちょっと、いきなり話が飛躍しませんか（笑）。

北方　ほんとなんだよ。これは医学的に説明されているんだけど、結核になると死がその先にあるわけだから、自分の子孫を残そうとする本能が働いて性欲が強くなるらしいんですよ。

浅田　ああ、それで急に沖田総司が女に走るわけですね、『黒龍の柩』では（笑）。新選組の小説はたくさん読んできたけど、あんなに積極的に女を抱く沖田は初めてだったなあ。「沖田総司童貞説」以来のショックだった（笑）。

北方　あと、結核は集中力は高まるけど持続力がなくなるね。俺は柔道をやっていたんだけど、だんだん組み手争いなんかはしんどくなっていくんだ。そのかわり、パッと組めた瞬間は乾坤一擲の技がきまるんだけど、それを失敗すると、すぐ息が上がってゼイゼイ言って、押さえ込まれて終わる（笑）。だから、沖田の剣が冴えたというのも、その集中力だったんじゃないかな。

浅田　入院はしなかったんですか。

北方　それは大丈夫だったんだけど、その年は大学も受けられなくて、一年遊んで、二年目は診断書を偽造して、ようやく入った。

　入ってからも、体育実技が免除。でもこの頃から抗生物質の治療が効いて少し元気が出てきてさ、外見も何ともなかったし、実技の代わりの保健クラスが終わると、カパッとヘルメットかぶって闘争に行ってた。で、女の子の前でコホンなんてやって血痰が出ると、僕は結核なんだ、もうすぐ死ぬんだよ、だから付き合えよ、って迫る（笑）。

浅田　なんか、聞いてると、陽気で結核の沖田って、やっぱりありそうな気がしてきたんですけど。

北方　そういえばそうかもな（笑）。でも、抗生物質を打つまでは、やっぱり元気はなかったよ。

ところで、沖田総司って本当にそんなに大きかったの。映画なんかでは小さいイメージがあるけれど。

浅田　僕は、剣道がうまかった奴というのは基本的に背が高かっただろうと思うんです。リーチが違う、踏み込む幅が違う、それから相手の面をのぞく感じになる。

よく、新選組では誰が一番強かったかという話になるけれども、最終的に、最後まで斬られずに生き残っていたやつはやっぱり強かったと思うんですよ。そう考えると、永倉新八と斎藤一は最前線に立ちながら大正四年まで生きたわけだから、やっぱりすごく強かったはずで。

北方　結局、人を斬るのは、ほとんど腕前よりも度胸なんじゃないかと思う。学生の頃、友人が応援団に拉致されて、僕は木刀一本持って助けに行ったんだよ。ワーッと叫び声をあげて乗り込んだら、迎え撃ちに出てきたやつらの一人が、ニタッと笑っていきなり目の前で本身を抜いた。その瞬間、俺はどうしたかというと、パッと背中を向けて一目散に逃げた。いまだにあのとき逃げたことがトラウマになってるんだ（笑）。

あの頃、まだ結核が治っていなかったし、死ぬなんてへっちゃらだと自分では思っていたけれど、やっぱり死というものが、本能的によっぽど怖かったということなんだろうね。

浅田　斎藤一が後年語っているんですが、剣術というのは道場でどんなに稽古を積んでいても、実際に立ち合うと無我夢中で振り回すだけなんだそうです。数多く振り回したやつが勝ちだと。だから、現実には長い刀を持った同士が向き合ったら、たぶん両方とも腰が引けてしまうはずなんですね。

これも何かの史料で読んだのですが、油小路の決闘の後で、翌朝その場所に、指がいっぱい落ちていたというんです。つまりそれだけ面や胴に打ち込むというのは難しくて、実際は小手の払い合いなんじゃないかと。ですから『黒龍の柩』の中で、土方が相手の腕をパーンと落とす場面、あれはかなりリアルですね。本当に強い人だったら、腕まで届くんだ、と。

北方　全然意識していなかったけど、そういう風に読んでもらえると嬉しいですね。こういう描写って、自分で書いていて、入りこんでいくときがあるじゃない。

浅田　楽しいんですね、こういうシーンを書くのは。僕自身は今まで腕一本も折ったことがないんですけど（笑）。

西郷や勝海舟は幕末のヒーローか

北方　結局、どうして新選組で小説を書こうとしたかと言うと、僕は基本的に幕末に疑問があったんですよ。例えば、なぜ権力者が戦わずして権力が委譲されるという、世界史上例のないことが起こりえたか。西郷と勝海舟が腹芸をやって江戸を無血開城したことで、日本は戦火から守られた、という認識があるけれども、それはすでに我々の先人が書いているわけです。となると、我々はそれ以外のことで、何かもっと新しいものを見つけ出さないといけない。

以前、『草莽枯れ行く』という幕末の赤報隊についての小説を書いたんだけど、調べれば調べるほど、西郷隆盛が憎らしくなってきたんですよ。西郷の周りにいて手足になって働いているやつが、みんな変な死に方をしている。どうも西郷隆盛というやつは、みんなが抱いているイメージとは裏腹に、小心で、目的のためには何でもやったんじゃないかという感じがするんだよね。

特に西郷は征東軍を出すとき、金がないのを理由に、一番いけないこと、商業資本との結託をしてしまった。そのために商業資本と軍閥が結びつくという歴史が出来上がって、そこから出発して第二次世界大戦まで来てしまったと僕は思ってる。

浅田　なるほど、深いですね。

北方　結果として、日本は開国に際して、海外の列強による植民地支配をきわどいところでかわすわけだけど、だとすれば、真に開明的で進歩的で、日本の未来について見通していたのは、闇雲に攻めた西郷隆盛ら薩摩・長州ではなく、間に入った勝海舟でもない。腰抜けと言われながらも、権力をすべて放棄した徳川慶喜なんじゃないか、と思ったんです。

浅田　僕も勝海舟という人に関しては、同じ江戸っ子でも点が辛いんですよ。『氷川清話』を読むと、確かに言っていることは面白いけれども、あの人の論法は一貫して、自分と親しかった人間を持ち上げておいて、この人間と対等に付き合った自分も偉いんだぞ、と威張る。つまり、北方さんはすごい。そのすごい北方さんと俺は二回も対談をした、というような(笑)。確かに頭の切れる策略家ではあったと思いますが、器という意味ではそれほど大きい人ではなかったんじゃないかと思いますね。

北方　子爵じゃいやだとゴネて、伯爵になった人だからね。有名な台詞が残ってる。自分は今まで普通の背丈だと思っていたけれど、五尺にも満たない、子爵(四尺)だったのか、って。それで政府が改めて伯爵を贈りなおしたという(笑)。

浅田　あと『氷川清話』で、勝はあんまり山岡鉄太郎のことは褒めていないけど、品川談判の陰の立役者って山岡鉄太郎だと思うんです。彼自身は言葉少ない人で、あまり記録が残っていないけれど、おそらく山岡が先に行って全部根回しをしていたのではないかと思う。

北方　そうだよな。決裂するとわかっていれば段取りはつけられないから、江戸城を無血開城するかわりに江戸を攻めないでくれ、という交換条件をまとめたのは彼なんだろうな。

浅田　山岡が全部詰めて、勝海舟が調印。

北方　で、そういうものは決まって調印したやつの手柄になる（笑）。

ずっと歴史小説が書きたかった

浅田　ところで、北方さんが歴史小説を書こうと思い始めたのは、いつ頃ですか。

北方　デビューして、ハードボイルドを四作くらい書いたときだね。これをこのままずっと再生産していくこともできる、だけどそれだけじゃ嫌だって思った。純文学のように内向するのではなく、いつか、ハードボイルドをもっと突き詰めたところにある世界——殴るのではなく斬ってしまう、殺してしまう世界を書きたいと。それは、時空を飛べば歴史の中にある。そう思って歴史の勉強を始めたんです。その頃、俺は小説家として生き残る瀬戸際にいて、小説を書くだけで忙しかったんだけど、たぶん歴史の勉強は、俺にとって十年後の「希望」だったんだと思う。

ただ、俺は歴史観を書くという小説では司馬さんを越えられないこともわかっていた。それなら自分は、物語と描写で書いていって、物語を読み終わって、ああ、こういう歴史だったのか、と読者が初めてわかるような小説を書いていこうと。浅田さんはどうだったの？

浅田　僕はもともと歴史が好きで、文学と歴史の興味の比率は、ちょうど本棚を見るとわかりやすいんだけれど、きれいに半分ずつだったんですよ。だから、歴史小説はいずれ書きたいと思っていました。

ですが、デビューしてからは、今でなければ書けないものを優先して、歴史ものは先送りしていたんです。だから『蒼穹の昴』のときは、早すぎるのではないかと思ってかなり書くのを迷いました。結局、少年時代の主人公を書くには、自分もある程度若いうちのほうがいいと思って踏み切ったんです。それからしばらくして、年も取ったし、そろそろいいかな、と思って書いたのが『壬生義士伝』。あれもデビュー前、二十八歳のときに一度書き上げているんですけれども。

ただ、歴史ものは書いていて楽しいんですけれども、すごく手がかかるんですよね。普通の小説の三冊分くらいのエネルギーが必要じゃないですか。

北方　そうですね。僕が最初に歴史小説を書いたのは『武王の門』という南北朝時代の話なんだけど、史料がなくてとても苦労した。何年もかかっていろいろ調べて、一作書くのにこれだけ労力がかかるのかと思ったら、冗談じゃねえやと（笑）。

　でも、書けば書くほど、次の作品が楽になるというか、史料にしても、どこを当たればいいかがわかってくる。

　幕末について書くようになったのはもっと後になってからだけど、それでもずっと調べてました。僕は、幕末という時代は十一代将軍家斉のときから始まると思ってるんです。十一代将軍は、一橋家の家斉、田安家の定信の、どちらがなってもおかしくなかったのに、定信は松平家に養子入りさせられて家斉が将軍になるわけ。

　家斉と親父の一橋治済は、二人して百人くらい子供を作って、加賀藩だの薩摩だの、全国にばらまいた。で、その中で唯一、将軍家から正室を迎えながら子供を作らなかった家があって、これが実は水戸藩だったんですね。水戸藩だけは弟の水戸斉昭に家督を譲ることで、将軍家に抵抗を示した。徳川が徳川自身を否定し始めたわけです。そこから、幕末という時代が始まったんだと思う。

浅田　なるほど、それは面白い。十一代というと文化文政でしょう。やっぱり一つのターニングポイントという感じがしますよね。

北方　水野忠邦が家斉の息子の老中になったり、大塩平八郎の乱というのが大坂で起きたり、このあたりから、完全に時代の雰囲気が幕末になってくる。

浅田　考えてみれば、江戸時代って本当に長いですよね。明治から現在まではまだ百三十年しかたっていないのに、江戸時代というのはその倍の二百六十年続いたわけですから。

つまり、幕末っていうのはすごく遠いところという感じがするんだけど、実はすぐそこにあるんですね。僕の曾祖父というのが明治二年生まれ。長生きだったから、僕はこの曾祖父をよく覚えていて、膝に入った記憶がある。考えてみれば、そのおじいさんが生まれたとき、土方歳三はまだ五稜郭で戦争してたんですよ。そう考えると、歴史というよりも自分につながる物語だと思えるんです。

近藤が剣を捨てた理由

浅田　でも、僕は一つのことを一所懸命根詰めて書くと飽きちゃうので、あんまり歴史小説ばかり立て続けに書こうとは思わない。これの続きをお願いしますなんて言われると、もううんざりして、またかよと思っちゃう。それよりも、これが終わったら次はお笑いにしよう、とかね（笑）。

北方さん、この間「三国志」が終わったと思ったらもう「水滸伝」の連載を始められたけど、あれ、体に毒じゃありませんか？

北方　俺、もしかしたらマゾヒストかもしれない（笑）。「三国志」というのは正史の制約がすごくきつかったの。ここから出られないのか、とずっと思いながら書いていた。今度の「水滸伝」はそれより千年もあとだけれど、これはもう、フィクションだから、俺自身の物語をいくらでもつくり出せるわけ。だから「三国志」の反動で飛びついた（笑）。同じようなものをやっているように見えるかもしれないけれど、まるで違うんだよ。小説を書く喜び、快感みたいなものはやっぱりはるかに大きい。

浅田　そうか。それは気づかなかった。フィクションの解放感があるんですね。自分の好きな人物は殺さなくていいし。

北方　殺したいやつはすぐ殺せるしさ（笑）。

浅田　新選組の話に戻りますけど、僕が殺したくない、というか、どうしてもその死に方がわからないのは、近藤勇なんですよ。流山で捕まって板橋で斬られるでしょう。最後は偽名まで使ってしかもそれがバレて。土方の死に方はカッコいいのに、近藤の死に方はなんであんなにカッコ悪いんだろうと思うんです。完全に戦意喪失してしまったのはいったい何故か。北方さんはどう思います？

北方　近藤は大坂で撃たれて怪我をして、沖田と一緒に船で運ばれて江戸に帰ったんだけど、あの段階で、もう諦めていたんじゃないかと思う。

浅田　傷がなかなか治らなかったのは大きいと思いますね。あれはすごい重傷だったらしい。

北方　剣に命をかけている人間にとっては、死んでもいいと思えるほどの怪我だったんじゃないか。

浅田　僕の住んでいる日野の言い伝えなんですが、近藤が甲陽鎮撫隊を率いて故郷に錦を飾ったとき、みんなで大歓迎して、酒宴を開いた。そのとき近藤は、怪我を理由に左手で杯を受けたというんです。これは大変無礼なことらしい。つまりそこから、近藤の怪我は、右手で杯を持てないほどの怪我だったのではないかと推測されるわけです。これはもう剣客としては致命的で、刀を握るどころではない。

北方　剛直で強かった人なんだろうけど、そういう人に限って、例えば怪我で右腕が使えないとなったらものすごく弱くなる。

浅田　それでただの人になってしまったんでしょうか。偽名で出頭したということは、近藤も、調布に帰って百姓でもやるかな、なんてふっと考えちゃったのかなあ（笑）。

結局、剣がすべての人だから、僕らが今さら小説家をやめろって言われるのと似たようなものなんでしょうね。僕、万年筆が握れなくなったらどうしよう。困りますよねえ。今さら。

北方　そうだよなあ。俺は漁師でもやろうかな。
浅田　僕はきっと、ブティックの親父だな（笑）。

初出「我らが新選組　なぜ我々は新選組に、幕末に、歴史小説に惹かれるのか」（『オール讀物』02・11）

短篇小説の〈へそ〉とは？

渡辺淳一

わたなべ　じゅんいち
一九三三年、北海道生まれ。
作家。整形外科医師を経てベストセラー作家に。
著書に『失楽園』『愛の流刑地』『欲情の作法』『幸せ上手』『孤舟』など。

浅田　『泪壺』（講談社）を拝読し、大変勉強になりました。とりわけ、「握る手」という短篇小説の最後のシーンなどは、本当に意表を突かれて。ああいう、終わり方があるのかと……。
渡辺　浅田さんみたいな小説巧者にほめてもらうと、嬉しいね。
浅田　先生が過去にお書きになった短篇小説で一番記憶に残っているのは「少女の死ぬ時」なんです。瀕死の少女に二人の医者が蘇生術を施すが、最後は死んでしまうというお話でした。
渡辺　三十年ぐらい前の作品ですね（昭和四十六年『小説新潮』一月号に発表）。
浅田　あの作品を読んだときはとても衝撃的でした。二人の医師の会話だけでほとんど書かれているのに、こんなにもドラマを盛り込むことができるのかと思いました。是非お尋ねしたいと思っていたのですが、ああいう小説はフィクションなんですか、それともある程度はご体験なさったことなんでしょうか。
渡辺　あれは、完全なフィクションです。ただ、心情的には医師として蘇生術を施していたときに、いろいろと頭の中を去来したことがあって、小説にしたいと思っていました。というのも、人工呼吸というのは、やっている限り生きているものだから蘇生器につながないかぎり、医師は中止することができない。でも次第に疲れてくるし、このまま延々と続けていても所詮駄目だから、どこかで止めようとは思うが、止めるきっかけをつかめない。

浅田　なるほど。

渡辺　家族も見ているから、疲れたというだけでは止めることもできない。それで年上の医師が決めるんです。病室で少女が飼っているキリギリスがなにも知らずにときたま鳴くが、もう一度鳴いたら、それでやめようと。

浅田　二人の医師は少女の生殺与奪権を握っている。その場において、彼らは神と同じことをしているわけですよ。そういう意味では、とても哲学的な小説だと思いました。

渡辺　医者はそういう権利を握っていても、少女の死を決める人にはなりたくない。だから天然自然のもの、ここではキリギリスにすがってしまう。理屈では説明できない不合理なところが、人間の心の不思議で、小説になると思って。

浅田　その全部が、テンポのいい会話で書かれてますよね。

渡辺　それは、ヘミングウェイの影響があるかもしれません。「殺人者」なんかもテンポがよくて、会話だけ読んでいると楽しいんだけど、ふっと気づくと、人間の深いところに触れている。そういう軽妙な会話の裏に潜む非情さを、若いときに読んで、少し影響を受けている気がしますね。

浅田　技巧的なことも含めて、短篇小説の修行はいつ頃からなさっていたのですか。

渡辺　僕らの時代は、同人雑誌が作家としてのスタートだったから。同人雑誌はね、必然的に短篇しか載せられない。長篇を載せると、それだけお金の負担が大きくて、書けても、なかなか載せられなかった。

浅田　自己負担なんですね。

渡辺　だからどうしても短篇を書かなくてはいけない。それに同人仲間で手厳しく批評しあっていた。短篇の修行は一人前になるためには、絶対に欠かせない過程だったんです。その頃から、この短篇には、「臍《へそ》があるかないか」ということをよく言っていたけどね。

浅田　同人合評会でですか。

渡辺　俗にいうと話の落とし場なんだけど。これを露骨に落とすと、ちょっと小説として軽いと言われてしまう。

浅田　テーマではなくて？

渡辺　テーマというほどのものではなく、「うん」とうなずかせるポイントというかな。それも露骨にうなずかせるのではなく、そうかと心に沁みるようにうなずかせたい。

浅田　先ほどの例で言うと「キリギリスの声」のような部分になるわけですか。

渡辺　ストーリーとしてはそうなんだけど、それで人工呼吸をやめたあとにくる、「うん」とうなずかせる納得感のようなものだけど。それも、ただ落とすというと落語のオチになって、軽すぎる。そうではなくもう少し心に沁みる部分で、「へそ、ある？」という点が問題になった。

浅田　なんとなくわかるような気がしますね。

渡辺　長篇はなんとなく、人生や人間と正面からぶつかり合うような感じがあるけど、短篇を書く場合、それらのある断面を取り出して、切り開いてみせるような感触がある。例えば、一本の大根を、長篇小説では縦に、芯のところを真っ二つに割っていく感じだけど、短篇小説は一点だけを輪切りにして、その水々しさを示すような手法で、それで読み切ったあとに、たしかなへそがあって、カタルシスがくるというか、「読んでよかった」という満足感があるといいけれど。

浅田　僕は短篇が多いとよく言われますけど、実は全然書いてなかったし、注文もなかったんですよ。新人賞にずーっと応募していて、ずーっと落ちていた頃は別にして、五十枚ぐらいの短いものを書くなんて想像つかなかったんです。

しかし、『蒼穹の昴』（講談社）を書いたあとで、自分で短篇を書かないといけないと思いました。あの小説を読み直したときに、一番自分で疑問だったのは、この話を書くのにこれだけの枚数が必要だったのかということなんです。時間の制限がないから、自分で楽しんで書いたところがあって、寄り道も多いし、キャラクターも多すぎると思った。では、何がこうさせたのかと考えたら短篇を書く力がないからだと思ったんです。だから、その後一年間は短篇だけを書こうと決めて、それが『鉄道員《ぽっぽや》』（集英社）と『月のしずく』（文藝春秋）の二冊の短篇集になった。そうしたら短篇の依頼ばっかり増えて（笑）。

渡辺　記念碑的な作品が短篇だと、短篇ばかり頼まれるだろうね。

浅田　妙に自衛隊の体育会的な考え方なんですけど、自分の体を鍛えていた時期は、結果が出ないとなったら、どういう訓練をすればいいか真剣に考えるものなんです。一五〇〇メートルのタイムが足りないなら、どういうふうに走り込めばいいかとか。だから、なんか無性に短篇を書かなきゃ、書かなきゃというふうに考えましたね。書かないと本当の小説家になれないと思いました。

　もともと僕の世代では、そんなに長い小説はなかった。歴史小説は別格として、ほとんど短篇が主流を占めていました。いまなぜ、短篇が少なくなってきたんでしょうか。

渡辺　これはね、推理小説の流行の悪しき弊害だと思うな。推理ブームで読者層を大きく広げたという功績はあるが、やたらに長くて冗長な文章がまかり通るようになった。それに長篇のほうが本にしてもらえる率も高いから。

浅田　昔の常識でいったら、『細雪』や『暗夜行路』が格段に長い小説だというイメージがあります。中高校生が『細雪』を読むといったら、それだけでも体力が必要でした。小説の主流が短篇から長篇に、しかも超大長篇に移ってきたところに、最近の読者離れの原因があるような気がするんですが。

ワープロの弊害

浅田　長篇が増えたのは、もう一つにワープロの普及がありませんか。
渡辺　ああ、そうだね。
浅田　全くの素人が五百枚の小説を書けと言っても書けないのが普通だと思う。『オール讀物』新人賞や『文學界』新人賞に出す百枚ほどの原稿を書くのはすごく体力が必要なことだったのに、いまや五百枚、六百枚もの原稿を新人が書くことができるのは、ワープロの力じゃないかと思います。僕はワープロは使わないんですけれども、渡辺さんは？
渡辺　いや、僕はいまだに鉛筆です。
浅田　ワープロを叩いている人を見ると、びっくりするぐらいに速い。僕は、ある編集部で見たときに、こりゃ、かなわんわ、って思ったんです。だって、考えているものがそのまま変換されていくというスピードですから。
渡辺　短篇小説というのは、削る仕事なのにね。

浅田　ワープロで書いていると、長いものでも短いものでもどんどん文章を積み重ねていく。ワープロの機能そのものが、短篇小説には向いていないと思うんです。

渡辺　そうですね。今浅田さんが言ったように、ワープロに頼って書いた小説はつい、厚塗りをしてしまうから、小説に濃淡がない。絵で言うと同じような重ね塗りで、例えば、ある小説を読んでいて、犯人かと思われる人物が五人いたとすると、そのすべての人物の職業から生活背景まで、よく書かれていて、その点では感心するんだけど、ようく読んでいくと、それぞれのシーンに作家の血肉が入っていない。たしかによく勉強して書いてはいるんだけど、その内面に作家の入れ込みがない。それはたぶん資料調べで終わっているからなんだと思う。

これと同じことは時代小説にもみかけることで、だらだら資料ばかり書いて、もったいぶってるけど、その作家の気が入っていない、資料で流している部分が結構ある。

浅田さんの『壬生義士伝』を読んでいると、そういう流したところがないね。資料に甘えず、自分に引きつけて思いを込めているから。これは書く側はしんどいだろうね。

浅田　短篇ですと、そういう流したところは入れられませんね。

渡辺　短篇は、緊張感が小気味いいのだからね。

浅田　おっしゃるような、同じ塗り方をする作家世代は、映像文化とも大いに関係があるんじゃないかと思うんです。

渡辺　なるほど。

浅田　これは小説が長くなることと関係があると思うんですが、映像で育った世代はキャメラワークで書いていく。本当だったら、自分がその小説のイメージの世界に入って、自分が一緒に体験しているような書き方をしなくてはいけない。先ほどの「少女の死ぬ時」も、けっしてテレビの画面や映画の画面で見ているのではなく、作者なり読者なりがあの部屋に入っているわけですよね。だから面白いと思うんです。ところが、長くなる小説は、キャメラを延々と平たく回し続けている。例えば、右へ曲がって左に曲がってタバコを買ってと、いかにもドラマや映画でキャメラが追いかけているような描写を多用するからその分長くなってくると思うんです。

渡辺　そういわれると、わかるね。

浅田　これは、書き手の世代が純然たる映像世代に突入したということだと思います。僕の世代がちょうど分かれ目だと思うんですよ。僕が小学生の頃にテレビが来て、東京オリンピックが中学一年生のときですから。

渡辺　しかし、その世代は映像的な手法で書いてくれないと、小説を読めないというわけかな？

浅田　それは違うと思います。僕も映像世代ですから、ともすると自分の頭の中のスクリーンにシーンをつくってしまうんですね。それで、そのシーンをデッサンしてしまう。そのとき自分でも、ああ、やっちゃってる、と思うんです。

渡辺　気がついては、いるんだ。

浅田　そうです。すると例えば居間で団欒している家族のシーンというのは、実はテレビでも映画でもワンパターンしかないんですよ。つまり、こたつがあって、向こうに中庭があって、そこに家族がいるという……あれしか家族の団欒シーンが思いつかなくなる。アクティブなシーンを書いていても、映画やテレビのアクションシーンを頭の中に思い浮かべて、それをデッサンしてしまっている。知らず知らずのうちに、それをやっているときがあるんですね。しかし、小説とは間違いなくそういうものじゃないと思うんです。

渡辺　映像と全く違うものですね。それともうひとつ、最近、小説家が小説ではなく「大説」を書きすぎる。小説なんだから普通の人のうじうじとか、ねちねちを書いてくれないと困る。ところがテレビのせいか、正面から「大説」を書きすぎるな。

浅田　その「うじうじ」は小説でしか表現できないものなんですよね。

渡辺　そうなの。それを映像と同じようにやったら、映像に負ける。文学の一番いいところは心理描写に強くて、それも「うじうじ」した、いわくいいがたいところ、を表現するのに適している。とりわけ短篇小説の魅力はそこなんだけど。

浅田　僕らのように物心ついたときにお茶の間に映像があったという世代になって、活字と映像との格闘の時代になったと思います。これは、どっちがどっちを貶めるということではなくて、いかに協和していくかという問題なんです。そのためにも、小説を書く側がけっして映像におもねってはいけないと思います。

渡辺　例えば、浅田さんが今何色のシャツを着て、どんな靴を履いて、などという描写をやると、映像には勝てない。向こうはワンシーンですべて現せる。しかし、何となく、いやあな感じの男、というのは映像ではなかなか表現できない。君がそうだと言うわけじゃないよ(笑)。小説は細部を描写するのには不合理なメディアだけど、心象的な、いやあな感じ、みたいなものを表すには優れている。それなのに最初から「大説」でテーマを立ち上げて向かうことばかり考えるから、短篇が書けなくなる。僕らの日常の中には、そういう大説でない、感性の部分が猛烈に多いわけでしょう。小説というのは、そうした感性の領域、人生や人間の中に潜む、「非論理のリアリティ」みたいなものを抉り出して、理屈で説明できない人間の妖しさや不思議さを書くものじゃないかと思うね。その点で、さらに長篇と短篇の違いを探ると、長篇はその人間の中に潜む論理では説明できないリアリティに真向うから挑むのに対して、短篇は少し斜めに、一点から垣間見て、しかし鋭く突きだす。

浅田　いま嫌な奴、ということで思い出しましたが、渡辺さんの『遠き落日』の野口英世像は、まさにそういう感じですね。あれはショッキングでした。図々しくて卑しくて、嘘つきで。しかし、よく考えてみたら、人間ってそういうものなんですよね。

渡辺　嫌な感じがあっても、そんなに憎めないところもあって。

浅田　そういうことを僕は『壬生義士伝』でやりたかったんですよ。しかし、どうしても恰好よくしてしまった。主人公は恰好よくなければ駄目だという思いが僕にはどうしてもあって、卑しさを書ききれなかった。

渡辺　最近の推理的な長篇小説でも、映像にしたらよさそうな、印象的なシーンが一つはある。あ、これを書きたかったんだな、とわかるけど、それにしては、そこに至るまでが長すぎる。阿刀田高さんが、「短篇はどんなに失望しても、短いからまだ救われる」と言ってたけど（笑）、たしかに長篇の場合、これだけ読んでこの程度じゃ、ということは、ままあるね。

長い推理小説を読む読者は確実にいると思うけど、何千枚もこす長篇になると、本当の推理好きしか読めなくなる。推理好きでない人、あまり文学プロパアでない人々も読者としてとり込んでいかないと、文学は衰退してしまう。一般読者を無視したときから、そのジャンルは孤立し、前衛化し、独善に陥る。そうならぬようにペリフェリーをいかに吸い上げていくか、ということも重要で、その点、短篇なら、周辺にいる読者もかなり拾うことができる。

浅田　ちょっと読んでみよう、手にとってみようと。

渡辺　今度の直木賞をとった山本文緒さんも重松清さんの作品も、そういう読者を拾う力があると思う。ああいうのを読んで、「あ、小説読むのもいいもんだなあ」と思ったら、また次を読もうと思う。そうやって広がっていく部分を大切にしないと、小説は一人よがりのものになって、起爆力を失っていく。

浅田　世の中の仕組み自体、長篇を読むのに実は適していない。なにせ、みんな時間がないんですから。

渡辺　そうそう。

浅田　それに、興味の対象も他にいくらでもある。僕らが学生のときは、三畳か四畳半の、トイレも風呂もないアパートに住んでいて、もちろんテレビもない。夜何やって過ごすかといえば、本を読むしかないわけです。それが一番お金もかからない。ところが今の子は、テレビはもちろん雑誌の種類もいくらでもあるわけです。そういう状況の中で彼らを小説の世界に引き寄せるのは、短篇でしかありえないと思う。なにせ、短篇小説は、短い時間で読めるわけですから。

渡辺　非情に単純だけど正しい指摘だね、時間の問題はとても大きい。

浅田　僕は本を読むのは遅いほうなんです。自分で計算すると、百枚で一時間なんですよ。しかし、これは一般読者のスピードに近いと思います。そうするとそんなに厚い本じゃなくても四時間ぐらいは必要になる。今、四時間もまとめてとるのは、とても難しい。僕らの頃はあり余る時間があるから、古本屋を回って一冊百円の文庫本を買って、一日一冊読むこともできたけど、今それだけ殊勝な人はまずいない。

それにもかかわらず、作り手はより長い小説を生み出していく。だから、この作り手と読者の断層というのは、これから先もどんどん広がっていく。推理小説は小説そのものが一つのオタク状態になり、ほんの一部の好事家が読んでいるという閉塞的な状況になっている気がします。だからこそ、短篇が復権することはとても大切なことなんです。

渡辺　昔はどんな長篇作家でも、必ず初期珠玉短篇集というのが、ありました。

浅田　若い時分に雑誌発表の短篇をたくさん書いて、それで初期短篇集ができ、それで自分の力をつけるなり足掛かりをつけるなりして、長篇に挑戦していくというのが、伝統的なスタイルだと思うんです。ところが、今はいきなり新人賞が四百枚とか八百枚で来る。そこで賞をとった有望な作家が、次に何を要求されるかといったら、短篇ではなく、次なる大きい小説を要求されてしまう。本来ならば、新人賞をとった後、次に出る小説は短篇集でなければいけないと思う。そうじゃなければ作家は成長をしない。

僕は昔、新しい作家のものを読むときに短篇集を一番最初に読んだ記憶があります。初期珠玉短篇集を読むとその作家の目次というか、メニューが詰まっていますよね。

渡辺　初期の短篇を見ると、作家がその後、どういう展開をしていったのか、よくわかる。

浅田　今まで短篇を書く修業をしていない新人の作品はたしかに下手かもしれない。ならば、編集者がボクサーとトレーナーの関係になって鍛えていかなくてはいけない。そこでいくらボツにしてもいいし、そこで鍛え抜いて初めていい短篇が書けるようになり、やっといい長篇を書くことができると思うんです。

渡辺　昔は、その部分は同人雑誌時代にやったんだけど。それに新人賞なんかとって出てきても、編集者が偉張ってて恐かったから。いずれにせよ短篇はボロがでやすくて難しい。だから促成できない。長篇は熱気とか迫力とかで、文章が下手でもある程度カバーできるところがある。しかし、短篇はそうはいかない。ものにならない期間を、作家に失礼なことを言ってでも、編集者が叩けるのかといったら、実際はなかなかできないわけでしょう。

浅田　これだけ新人賞がたくさんあると、次の人がいくらでも出てくると思っている。

渡辺　最近の編集者は作家を叩かないけど、消耗品だと思っている。

浅田　もちろん作家として、長距離ランナーの資質を持っている人はいます。しかし、その人間はマラソンの練習ばかりやっていれば長距離ランナーになれるのかといえば、そういうものではない。やはり、基礎体力をつける時期が必ず必要だと思います。それには、短篇をきっちりと一年なり二年なり書く期間が、どのような作家でも必要なんです。しかし、発表できる場が少なくなっているのも事実です。まあ、短篇が売れないという経済的な問題とかいろいろと問題はあると思います。しかし、出版社も短篇を頼む期間に経済学が入ってはいけない。もともと書き手にとっても短篇ほど不経済なものはないんです。出版社も書き手も経済学からは離れて、一年なり二年なりの短篇に取り組む期間が必要だと思う。

短篇には作家の人柄が出る

渡辺　ただ、短篇には情熱というか気迫で書けば相当下手でも読めるものもある。ナボコフみたいに会話も使いこなせず、がむしゃらに地の文しか書けなくても、例えば今日頭にきたことだけを一気に書けばそれはそれで説得力があることもある。文学の中には、技術論と同時に気迫という要素も重要で、それだけ短篇は作家の気持ちがストレートに出る。

浅田　短篇は人柄が出ますよね。だから、渡辺さんの短篇を読んでいつも思うのは、本当に虚飾のない人だなっていうことなんです。なんでこんなにまともに書けるんだろうなって(笑)。もちろん、変な意味じゃなくて。僕はまるっきり正反対で、虚飾でゴテゴテじゃないですか。

渡辺　それに惹かれる読者も、いるわけでしょう。

浅田　自分でも書いていて、くさいなあ、わざとらしいなあと思いながら書くんだけど、それでも自分はこの書き方しか知らないんだから、これは俺の個性なんだからいいじゃないかと思って書いてます。そのとき、ふと渡辺さんの作品を拝読すると、なんてまともな、飾りのない、生の男なんだろうと思います。

渡辺　短篇小説の原点というのは、私小説にあるからね。どうしても自分が出てくる。

浅田　渡辺さんは登場人物を格好よくしませんよね。僕はそれができない。どうしても恰好いい男や女にしてしまうんです。

渡辺　たしかに、浅田さんのは一見恰好悪そうで、ようく読んでみるとすごく恰好いいんだな、言われてみると（笑）。でも、僕からみると、そこに感心するわけで。

短篇小説の心構えとは？

渡辺　短篇小説は、過去をふりかえる部分が長くなりすぎると、つまらなくなるね。短篇は時制が一点に近い。だからせめてスタートしたときから少し前に戻るぐらいで、全体としては確実に前にすすまないと。僕も気をつけているけど、フラッシュバックが多いと生き生きとしない。

浅田　フラッシュバックが多くて一つの小説がきちんとできるというのは、神業ですね。川端康成の小説がそうですね。「雪国」など、技術的にはとても真似できない。

渡辺　「雪国」は全体のできはともかく、文章がなかなかのもので。

浅田　僕が川端さんで一番勉強になるのは、場面転換です。あの人は水が流れるように場面が転換していく。手品みたいに、クルクルクルクルって。自分が書いていたら、章を変えるほかはない。あれは真似できません。

渡辺　変幻自在だね。しかし、浅田さんも場面展開は上手だよ。『月のしずく』などうまいと思った。

僕はね、わりあいドラマチックな短篇が嫌いなんですよ。話がありすぎるというか、詰まりすぎてるのがあるけど、短篇はストーリーが先行するとちょっとつまらなくなる。短篇の世界はそういうものでなく、感性にこだわったのを書いて欲しい。例えば、戦争を題材に書いた場合、そりゃ悲しいし、泣く話もたくさんできるけど、それだけでは困る。それでは、せっかくの遺産のタダ食いみたいなものでね。

このようにドラマに拠りすぎるのも嫌だけど、寓話的すぎる短篇も嫌だねえ。芥川龍之介の短篇は、どうも寓話的で小説が生々しくない。多分、作家としては頭が良すぎたんでしょうね。だから、落ちがつきすぎてしらける。文句ばかりいってるけど、このあたりが短篇の難しいところで、いざ書くとなかなかうまくいかないものでね。

浅田　僕は長篇は努力して考えて築き上げるもので、短篇はもらうものだと思っています。自分の力ではなくて、「あ、これだ」と思ったら一気呵成に書き上げるようにしています。そうせずにあまりじくじく考えるとシャープさがなくなる。考えれば考えるほどエッセイに近くなるんです。ですから、瞬間的に降り落ちてきたものを、書くようにしています。

渡辺　今エッセイと言われたけれど、日本の短篇小説にはもともとエッセイ的な部分はあった。短篇小説の原点に私小説があるわけだから。しかしエッセイではけっしてない。その現実からもう一つ昇華したサムシングが滲んでないと、短篇小説にはならない。その滲むものがね、単純な喜びや悲しみではなく、何かしら文学的な香りがするサムシングであって欲しい。ところが、作家が虚構をつくる力を失ってくると、私小説的なものから、さらにエッセイ的なものに移っていく。

浅田　不思議とそうなりますね。

渡辺　小説の基本であるリアリティーを出そうとすると、私小説やエッセイ的なものを書いた方が無難だから。それならイマジネイションが欠けてきても書ける。それからみると、虚構の上にリアリティーを出すというのは本当に難しい。虚構という特殊な世界を書いて普遍に及ぼすのが小説の力なわけで。だから、現実に近いことを書いて、どうだリアリティーあるだろうと言われても、それはか細いけど、あるに決まっている（笑）。

浅田　本当のことですからね。

学校で小説を教えるな

渡辺　今の国語教育もひどいね。この前、ＮＨＫの高校講座をラジオで聞いたけど、あんな教え方をしていたら、誰も小説を読まなくなる。あんな余計なことより、国語は読み書きだけを教えればいい。それなのに、この主人公はここでこう感じていますなどと、解説をする。詩でも小説でも、ただただ朗々と読み上げればいい。余計な語句の説明や、構成の解説などいらない。文章を見て読んで、それで感激するならそれでいいし、感激しないならそれもいいし、眠くなる奴は眠ればいい。わからない子も、いつかはわかるかもしれない。感性は個人の問題だから押しつけるものではない。

浅田　それは大切なことですね。川端康成が子供の頃に和歌を諳んじて、意味もわからないし何もわからないんだけれども、それが糧になっているという話をしていたけど、その通りだと思います。誰でも『百人一首』の効用みたいのがあって、小学生の頃に覚えても意味のひとつだってわからない。しかし、何か感性を豊かにしているんですよ。そういう意味で、国語教育の中で古典を古典として祭り上げるのはよくないと思います。

渡辺　技術的な解釈をして、受験のための国語なんて無駄ですね。それより活字に親しみを抱かせることが大事で、現代国語の授業があれだとしたら、直して欲しいな。

浅田　「象潟や雨に西施がねぶの花」（松尾芭蕉）と言っても、何だかわからない。いまだにわからない。それでもいいんだと思うんです。何だかわからないけどいいっていうのが感性であり、芸術だと思います。

渡辺　そうそう。

浅田　これは頭で考えるのではなくて、心で読むもの。短篇小説の核心はそういうところなのかもしれませんね。

渡辺　とにかく、小説は学校で教えるものじゃないね。

浅田　また陸上競技の話になりますが、最初から体つきが、短距離向きか長距離向きか分かれますよね。あれと同じで、脳味噌だって内臓の一部なんだから、人間の身体の一部として長篇向きの脳味噌と短篇向きの脳味噌というのがあるような気がします。短篇向きの脳味噌は瞬発力にすぐれている。摑んだものをある一瞬のうちに昇華できる力ですね。また、元来自分が持っている文体でも、短篇向きと長篇向きに分かれると思います。

渡辺　浅田さんはどちらですか。

浅田　僕は長いほうです。短いものを書くのは辛くてしょうがない。

渡辺　それでも書けるわけだよね。そうして書いた短篇がそれなりのレベルだからなあ。僕は、最低でも六十点のものを書くのがプロだと思っている。いいものの一本は、アマチュアでも書く。でもプロは気が乗らなくても、体調が悪くても最低六十点は欲しい。浅田さんの短篇集を読むとそんなにガタッと落ちるのがないね。だから、これは非常にプロフェッショナルな作家だという気がするね。

浅田　しかし、編集者の中には短篇集には凸凹がなくてはいけないなんてつまらないことを言う人がいますよね。

渡辺　それは短篇が難しいから結果として凸凹になるだけで、全部山になっているに越したことはないんですよ。ともかく、いい短篇が次々とでて、読者に小説の幅の広さと、面白さをわかってもらえると嬉しいけど。

初出　「短篇小説の〈へそ〉とは？」（『オール讀物』01・6）

見栄っ張り東京人、超法規的岡山人

岩井志麻子

いわい　しまこ
一九六四年、岡山県和気町生まれ。
作家。日本ホラー小説大賞や島清恋愛文学賞を受賞。
著書に『ぼっけえ、きょうてえ』『私小説』『痴情小説』
『嘘つき王国の豚姫』『婚活詐欺女』など。

文壇の小林幸子？

岩井　浅田先生は、神田生まれのチャキチャキ江戸っ子だそうで。

浅田　生まれは実は神田じゃなくて、中野なんですよ。というのは父の商売をずっと神田でやっていたものですから、神田に店があって自宅が中野にあるという東京の典型的な商家ですね。岩井さんはそれこそ生粋の岡山県人なわけだけれど、山のほうでしたっけ？

岩井　山というより瀬戸内海沿岸で、ほとんど兵庫県寄りなんです。東京生まれの方には想像もつかないかもしれませんが、岡山県では、男子を褒める最高の褒め言葉というのが「東京の学校出たみたいじゃのぅ」で、女子に対する最高の褒め言葉が「東京のおなごみたいにハイカラじゃ」というんですよ。最高級に「東京」がつくんです。

浅田　それは嬉しいな。世界レベルでいうと、「フランス人ですか？」といわれるのと同じような感じかな。

岩井　そう、パリの高級店みたいなもんじゃないですか。岡山から都会へ出るというと、まず広島とか神戸があって、それから大阪があって、もう東京になるとパリ、ロンドンと一緒なんですよ。

浅田　一番初めに東京を見たのはいつ？
岩井　集英社の『Ｃｏｂａｌｔ』という少女小説誌がありまして、そのパーティーに呼んでいただいたのが最初で、高校を出たばっかりの頃です。
浅田　そんな早くにデビューしたの？
岩井　ホラー大賞でデビューしたって認知されているんですけど、違うんですよ。デビューは『Ｃｏｂａｌｔ』で、最初の二、三年はよかったんですけど、それからまたふつうの人に戻っちゃって、長い長い長い低迷というか。私、この業界の小林幸子といわれてるんです。「うそつき鷗《かもめ》」で出たんですけど、「おもいで酒」まで何にもなかった（笑）。あるいは、よく売れないアイドルがずうっと低迷していて、突然名前を変えてアーティストと名乗って出てくるってあるじゃないですか、あれと思っていただければ。
浅田　そのときの東京の印象は？
岩井　びくびくしていたんでしょうね。みんなが私のことを田舎もんと思って見てるという被害妄想でぱんぱんでした。それに、ピョンヤンの人がソウルへ来たといいますか、同じ民族なのになぜ？　って感じで、物はないのが当たり前、電車は一時間一本しかないと思って生きてきたのに、こんなに何でも売っているし、電車はばんばん来るし、私は今まで騙されていた、チュチェ思想は間違っていたみたいな（笑）、すごい衝撃でしたよ。

それから、ああ東京って何でも受け入れてくれる町なんだなあと思ったんですね。変ない方ですけど、それこそ、おかまだろうが犯罪者だろうが、とにかく何でも受け入れて、私が生きていけるのは岡山と東京だけなんだなあと。

浅田　でも、東京人というのはすごく悪い癖がありまして、排他的なんです。京都や名古屋の排他的なのとはちょっと違って、変にいわれなく蔑む。それに言葉自体は東京も乱暴だからなあ。昔、関西に仕事行ってたとき、ずいぶん嫌がられたんだよね、僕の話し方はけんか腰みたいだって。それで山の手ふうの言葉に直したんですよ。

ただね、例えば東京の下町言葉で、なにかというとすぐ「バカヤロー」というんですけど、あの「バカヤロー」というのは接頭語、接尾語なの、東京では。例えばここで岩井さんが僕の幼なじみだとすると、「なにやってんだよ、バカヤロー」「これ食え、バカヤロー」って(笑)。

岩井　(ビート)たけしさんなんか、そうですね。

浅田　たけしはかなり原東京人だ。でも、関西では「バカヤロー」というのはとんでもないんだってね。

岩井　西では「アホ」ですね。バカというとほんとにののしり言葉で、アホは親しみなんですよ。

浅田　東京ではアホでけんかになるな。バカヤローは全然けんかにならない。バカヤロー文化圏とアホ文化圏だな。あと、東京人にはいってはいけない禁句があって、「百姓」がそうなんだね。

岩井　岡山では「ああ、あたし百姓だから」「うち百姓せにゃいけんけぇ」とか、それこそ東京のバカヤローぐらいによく使う。

浅田　NHKが百姓を放送禁止用語にしたのは、都会人の驕りだね。

岩井　そっちのほうが頭に来ますよ。百姓ってのは恥ずかしいのかよって。

浅田　だいたい東京ってのは元来ものすごいローカルなの。例えば、東京の子は車のナンバープレートにすごくこだわる。品川ナンバーとか練馬ナンバーじゃないと嫌なんだね。それが地上げにかかったりとかで近郊に引っ越して、川崎ナンバーなんかがついちゃうと、恥ずかしくて東京に乗ってこられない。

僕もずっと品川ナンバーだったんですけど、大人になって多摩ナンバーになってしまい、そこまではまだ自分の心の中で許せた。それが五、六年前から八王子ナンバーになって、で、八王子ナンバーは銀座には乗って来ちゃいけないって自分で決めてるわけ。だから車に乗ってきたときには、必ずひそかに西銀座の駐車場の隅っこに入れて、そこから歩いていく(笑)。

岩井　それって、見栄ですよね。東京の人の見栄ってなんか痛々しい感じがするんですけど。この間会った気取った東京の女が、私は三十何年、港区から出たことがないのっていうから、こっちも三十五年岡山から出たことないよっていい返したんですけど、ちっとも有効でないいい返しでした（笑）。

浅田　見栄が東京人のキーワードなんだ。うちでは子供の頃から勉強しろとはただのいっぺんもいわれたことはない。教わったのは、なりはきちんとしろ、まずいものは食うなということだけで、それをやると怒られる。まずいもんは毒だって教わったからね。一口食べてまずいと思ったら、二口目は食うな。まずいものを我慢して食うのは江戸っ子じゃないって。

岩井　東京の方はみんな貴族のようですね。

浅田　ただの見栄っ張りなんだよ。うちの死んだじいさんなんか、朝から鏡に向かって、ネクタイ締めて、麻の背広着て、ステッキ持って、パナマ被ってめかしこんでるんだね。で、どこへ行くのかと思うと、タバコ買いに行くんだよ（笑）。普段着で外を歩かないわけ。

岩井　こういっちゃなんですけど、あたしらのばあちゃんらは乳ほうり出して外歩くのふつうでした（笑）。岡山には、中間の服というのがないんですよ。スーツかすててこ。

浅田　原東京語でいう「見たっくれが悪い」というのが、一番初めの基準で、しょっちゅう使われる言葉なんだ。まあ、窮屈なとこに生まれ育ったもんだよ。

浅田　『ぼっけえ、きょうてえ』を読ませていただきましたが、立派な小説ですね。久々にいい小説を読ませていただいたという実感があります。

岩井さんの小説で一番気に入ったのは、文体が近頃の世代の方には珍しく翻訳文体じゃないということ。純然たる日本の小説の文体なんですね。僕の世代を含めてそれより下になると、翻訳小説で小説を読んでる人が多くて、自分の書くものもどうしても翻訳文体になる。それが久々に日本語で書かれた日本の小説を読んだ気がします。

岩井　それこそ、田舎もんであることを武器にするしかないので。

浅田　そんなことは関係なくて小説としていい姿をしてるんですよ。それにこの小説は岡山弁で書いてないと嘘だもんな。これはよく議論になるんだけど、僕も『壬生義士伝』を書くときに、最初は標準語で書こうと思ったんだけど、標準語で書いたら嘘になるだろうって思ったんですよ。だって彼らが標準語でしゃべっているわけはないんだから。

僕は基本的には舞台になる地方の方言を使うようにしてるんだけど、その現地に行ってみて、まず一番簡単な方言辞典みたいのを買ってくる。それを読んで、平文で書いたものを方言で書き換えてみて、そこの出身の人に校閲してもらう。

岩井　『鉄道員《ぽっぽや》』のときも？

浅田　そう。ただあのとき困ったのは、北海道弁というのは一様じゃなくて、ちょっと地域が違うと言葉が全然違う。たしかあのときは三人の北海道出身の人に別々に校閲してもらったんだけど、それぞれ出身地が違うもんだから、みんな前の人が直したところをまた直しちゃうわけ。なぜか北海道の人は自分の使っている言葉こそが正しい北海道弁だと思いこんでいるんだね。

岩井　私は、何をいわれようと、「あたしが作ったのが岡山弁じゃい」と開き直ってますけど。

浅田　それが一番。僕だったら、原東京弁を使う分には誰に文句いわれようと、俺の家ではこう使ってたといえばそれまでだから。

岩井　昔、『りぼん』とかの少女マンガが大好きでずっと定期購読してましたけれど、マンガの中で、フランス人の設定なのに、「わたし、一銭もないわ」と金髪巻き毛がいったり、西洋を舞台にしたマンガなのに田舎もんが東北弁をしゃべっていたり。

浅田　アメリカの南部が日本の東北というイメージで解釈されてるんだな。

岩井　朴訥ないい人は九州弁をしゃべる。「〜たい」とか。

浅田　そのシチュエーションに割とあった方言というのがあるね。お笑いっていうと、関西弁がのりがいいじゃないですか。

　昔、そのときになると急に関西弁になる女がいたな。「めちゃ、ええわあ」って（笑）。あれは結構興奮するものがありますね。これが東京の言葉だとただいやらしいだけで、情緒も何もない。「めちゃ、ええわあ」はよかった。思わずこっちも「どや？」（笑）。

岩井　岡山だと「ぼっけえ、ええわあ」ですね。

浅田　それもいい。いわれてみたいな（笑）。

岩井　岡山って、男子の一人称は「わし」もしくは「わい」なんですよ。最近テレビとかの影響で俺っていいだすのが、あたし許せんのですよ。あたしらの子供の頃、俺とかいうと、「なに気取っとんだ、おめえは」っていわれましたもの。今でもうちの息子は、「かあちゃん、わしじゃ」っていいますよ。私、東京に来て、いろいろと素敵な男性に巡り合ってるとは思ってるんですけど、一人として「わし」といってくれる人がいないので寂しいんですよ。

浅田　育った土地でしか伝わらない微妙なニュアンスってあるよね。

岩井　岡山ではくだらない、つまらないというとき、「やっちもねえ」と「こらっしもねえ」の二つがあるんですが、ニュアンスは違うんです。どっちも悪い意味なんですけど、例えば、誰かに「浅田先生、どうだった」って聞かれて、「こらっしもねかったわ」というと、「ふーん」で終わりますけど、「やっちもねぇ先生でね」というと、「えっ、どんなふうに」って聞くんですよ。こらっしもねえはほんとにつまらないということで、やっちもねえは悪の魅力というか、色悪というか、そっちに近い。『四谷怪談』の伊右衛門なんかはやっちもねえ男なんです。

浅田　面白いね。言葉というのはその地方の風土と密接に結びついているから、やっぱり標準語に変えるというのは間違いなんだよ。言葉を破壊するだけじゃなくて、そこの文化・風土を破壊するということと同じだから。だから僕はどこの地方に行っても運動してるんです、地元の局はニュースぐらいは方言でやれって。みんなが標準語を使うようになったのはテレビやラジオの影響でしょ。テレビが方言でやればいいんだよ。全国共通の標準語なんかほんとは必要ないんだから。

井上ひさしさんが『國語元年』で標準語がどのようにできたかをとても面白い小話にしてますけど、最初に標準語を必要としたのは軍隊なんですね。いろんな地方出身者が集まるわけだから、方言でやると混乱する。それで「〜であります」なんてへんな言葉をつくったわけ。方言は語尾に一番あらわれるからね。吉原の花魁の「ありんす」言葉も出身地を隠すためでしょう。つまり、標準語というのはそういう何かの目的がはっきりあって使われるもので、それ以外の必要がなければ方言を生かすべきなんだね。

　ところで、岩井さんはかなり調べもの好きだよね、マニアック。
岩井　とにかく私はマニアなので、あらゆる方向に。男の趣味もマニアですし、すべてにおいてマニアの人なので。苦にはならないんですよね、好きなことを調べるのは。新聞でも一面には全然反応しなくて、テレビ欄のほうを開いて、下の方に書かれている小さなのにびんびん反応するんです。ほんとにローカリティな女。
浅田　それは正しい小説家の姿勢じゃない。好奇心なんだから。
岩井　よくアメリカのホラー映画で、その湖には行っちゃいけないよとさんざんいわれているのに、ふらふら行っちゃう乳のでかいばかな女が必ずいるでしょう、乳はさておき、絶対私、あの女なんですよ。
浅田　じゃあ、「俺と付き合うとたいへんだよ」なんていわれるともうたまんない？
岩井　そうなんです。好青年で真面目でというのはフーンって感じで、あれはやめとけといわれるとふらふらふらっと。
浅田　好奇心が作家の命なんだよ。なんじゃこりゃというのから始まる。
岩井　私に悪意をもってるとか、嫌悪感をもってるというとうれしくなっちゃって、しめしめと。どうして歪んでるんだろう。

超法規的岡山人

浅田　さっき岩井さんは東京へ初めて来たとき衝撃を受けたっていったけど、僕も生まれて初めて岡山に行ったとき感動したよ。

岩井　ホタルが飛んでいたとか（笑）。

浅田　むきだしの文化都市なんだよね。駅に下りた途端に文化の匂いがするじゃない。

岩井　そうなんです。岡山はやたらと教育県を謳っていて、その分性風俗施設に非常に厳しく、ソープランドがないんですよ。だから岡山の男子はわざわざフェリーに乗って高松まで行くんです。で、フェリーの中で「高松じゃあ、高松じゃあ」って盛り上がる（笑）。それが、瀬戸大橋ができてみんながっかりしてるんですよ、情緒がねえって。

浅田　いい話だなあ（笑）。

岩井　どうしてもそっちのほうへ話がいっちゃうんですけど、私が小学校の頃一番印象に残っているのは、色気づいてくると放課後とかにエロ話をしますよね。おとうちゃんおかあちゃんがしとるのを見たことあるかという話になったときに、あけみちゃんという女の子が、「昨日なあ、夜中に目さめたら、とうちゃんがかあちゃんを縛っとった」っていうんですよ。

そのときあたしらは、えーっ、なんて怖いおとうさんだと思ったんですけど、今思うと、岡山にしちゃ進んどったのぅ（笑）。

浅田　子供たちは進んでないの？

岩井　岡山は夜這いがふつうなんですよ（笑）。東京だと不法侵入だとか婦女暴行にあたることが、岡山では「夜這いじゃけに」って。

浅田　でも、家族に見つかったら問題になるだろう。

岩井　そもそも岡山では寝るとき戸締まりしないんです。夏なんかは、網戸にして戸を開けっ放しにして寝てますから、寝ていて、あっ、外に誰かいるなと思ったら、「夜這い、夜這い」って。

浅田　一応ルールはあるんでしょう。何歳以上とか、人妻はだめとか。

岩井　でもやっぱりマニアの男って、岡山にもいて、ばあさんばかり狙うとかありましたよ。さすがに子供には手を出さない。ロリータは駄目です、年増はＯＫ（笑）。人妻に手を出した場合は、一升瓶をもっていってそこの主人と話し合いをするんです。

浅田　一升瓶もってくるとか、そういう問題じゃないんじゃないの。

岩井　そうなんですけど、どうも岡山県民は違う法律のもとで生きているみたいで、いまだに裁判より一升瓶、医者よりも祈禱師なんですよ。どうにもならないと裁判、どうにもならないと医者ですけど、とりあえずは一升瓶＋祈禱師、それが基本です。

浅田　夜這いに拒否権はあるの。

岩井　一応ありますけど、わざわざ来てくれたわけだし（笑）、ほかに娯楽がないですから、岡山県には。映画館も、デパートも、劇場も何もないんですから。

それに新宿二丁目と岡山県は共通項がありまして、捨てるゴミなし。どんな人にも相手がいる。新宿二丁目ではやっぱりジャニーズ系の美少年がもてると思ってたんですよ。そうじゃないんですね、聞いてみると。すっごいデブが好きとか、汚いのが好き、臭いのが好きとか、何でもありで、なんといい街なんだろうかと感動しましたけど、それと同じで岡山も、どんなとこにも夜這いは来ます。うちの近所の一人暮らしの七十歳になるばあさんはモテモテでたいへんですよ（笑）。

浅田　おじいさんが夜這いに来るんじゃなくて、若いのが来たりするんでしょう。それはまさしく福音だなあ。

岩井　東京だったら、背が高くてお金持ちでいい学校出てるとかありますけど、岡山ではそういう記号が何一つ通用しない。何々だからもてるというのがないんです。

浅田　ということは誰でもいいという？

岩井　暗いとこではみな同じという（笑）。

浅田　その点東京人は選り好みするからな。なかには見せびらかすのもいる。

岩井　東京の男の人はやりたいということをやたらと愛とか恋とかもちだしてきてややこしくしてますよね。

浅田　全部がそうじゃないよ。駆け引きそのものが面白いってことがあるんだから。

岩井　でも、岡山には駆け引きという文化がないんです。

　あるとき、岡山県の友達と寝っ転がってテレビを見ていたら、ある高名な学者が出ていたんですよ。あたしがなにげに、「なあなあ、この人って、宇宙の仕組みがすべてわかっている天才らしいのぅ」っていったら、周りの男どもが、「しゃあけど、宇宙の仕組みなんかより、わしにはチンコが立つか立たんかのほうが大事じゃ」っていったんですよ（笑）。もう岡山県民にかかっては、大いなる宇宙の謎もチンコが立つか立たんかでその壮大さを否定されてしまう。

浅田　でもよく考えてみると、宇宙を理解する自分とチンコが立つ自分のどっちを選ぶかというと、かなり悩むなあ（笑）。宇宙かチンコか……。俺はやっぱりチンコを選ぶな。

岩井　岡山にはニュアンスとか駆け引きとかなくて、実質本意なんですよ。ゼロか一か。でも、文学も宇宙とチンコに象徴されるというんですか、文学は普遍的かつ広大なものを描くものであると同時に、非常に卑近なしょうもない、でも切実なことを描くものでもある

（笑）。

浅田　確かに書斎で黙々と原稿を書いているとそれ実感するものな、宇宙でありチンコである、大宇宙と自分の身体の合一。しかし、すごいまとめだなあ（笑）。

初出　「見栄っ張り東京人、超法規的岡山人」（『青春と読書』01・8）

啖呵切るご先祖様ぞ道標《みちしるべ》

宮部みゆき

みやべ　みゆき
一九六〇年、東京都生まれ。
作家。推理小説、時代小説、ファンタジーなどを執筆。
著書に『火車』『理由』『模倣犯』『名もなき毒』『小暮写真館』『ばんば憑き』などがある。

浅田　ちゃんとお話しするの、初めてですね。
宮部　浅田さんと対談て、初めて。
浅田　不思議なんですよ、これ。今までどこも僕と宮部さんの対談を組まなかったって。
宮部　ねえ〜。ちょっぴり似ているところがあるのに。浅田さんも現代物をお書きになりながら、時代物もお書きになってて。
浅田　そういう作家って、意外といそうでいないんですよね。
宮部　実はね。ただ、私なんかは両方書いてるったって、結局全部ミステリーなんです。時代物も時代ミステリーですから。でも浅田さんは、本当に幅広いですよね。
浅田　書き終わったとき、いつも反省するんですけどね。一つのことをやんなきゃだめだよなって。
宮部　そうかな。
浅田　そう思うよ。一つのことを一生書いてたら、最後はすごい小説が書けるだろうなって。全然違うものを同時進行してると、そのたび頭を切り替えてテンションあげていかなきゃならないから、エネルギーが必要なんですよ。
宮部　頭を切り替えるために、例えば何か音楽を流したりなさってます？
浅田　風呂屋へ行きますね。

宮部　ああ、銭湯？
浅田　そうそう。僕、うちの風呂って嫌いなんです。子供の頃銭湯通いだったから。
宮部　私も。東京育ちって、完全に銭湯っ子ですよね。
浅田　うん、昔は東京で内風呂のある家なんてそうなかったから。
宮部　ですよね、相当のお金持ちでないと。
浅田　宮部さんは東京のどこ？
宮部　深川です。
浅田　僕は中野で生まれたんだけど、山の手の生まれ育ちというのは真っ赤な嘘（笑）。うちは戦争で焼けだされて中野に来た組なんです。
宮部　あっ、そうなんですか。その前は？
浅田　神田。もっと前は月島。
宮部　あら、じゃあ……。
浅田　祖父母はチャキチャキのダウンタウン（笑）。
宮部　月島って、今でも昔の風情残ってますよね、商店街もあるし。
浅田　残ってますね。深川は東京大空襲で丸焼けになったんじゃない？
宮部　大変だったって、よく聞かされました。でも、うちは一族郎党誰一人欠けなかったたんです。

浅田　強運だねえ。

宮部　でしょう。深川って運河沿いに町筋ができた新開地なんで、焼け跡に建て直した町もほとんど変わってないんです。古地図と完全に照らし合わせられますから、時代小説は全部深川界隈で間に合わせてます(笑)。

浅田　うんうん。古地図があっての時代物だよね。

宮部　そうですね。でも私、江戸の切絵図、まだよく読めないんです。

浅田　切絵図はちょっとひしゃげて書いてあるし、距離も正確ではないから読み方が難しいよね。

宮部　距離感をつかむために歩くんだけど、東京になってから区画整理されて道路も拡張してるし、町名も変わってる。

浅田　古地図でポイントになるのは、神社仏閣と坂道ですね。神社や寺はほとんど動かないでそこにあるし、坂の名称だけはまったく変わってないから。

宮部　そうそう、橋とかもね。

浅田　深川の辺りってぎっしり町家が並んでた印象があるけど、古地図で見ると案外大名の下屋敷がどかっとあったりなんかしてるね。

宮部　ですよね。
浅田　だから最下級のお侍さんなんて、庶民と交わってたんじゃないかな。
宮部　貨幣経済が進んでくると、お侍さんだって一生懸命稼がないと暮らせないから、内職もしなきゃならないしねえ。
浅田　そうそう。寺子屋なんかも下級御家人の師弟と町人の子弟が一緒に通ってるし、侍と町人のあいだって、案外そんなに遠くなかったと思うんですよ。
宮部　しゃべる言葉だって、そんなに変わってなかったかもしれない。
浅田　お侍さんも町人が相手だと、きっと何々でござるなんて言ってなかったよね。でも、小説の中の会話になると、どうしても武家言葉と町人言葉をきっぱり分けないと、キャラクターがはっきりしなくなっちゃう。
宮部　なっちゃうんですよね。私、長屋のおかみさんなんて、全部ひらがなばっかりでしゃべってると思うんだけど、そう書くと読みにくくなるから困るんですよ。
浅田　うんうん、わかるなそれ。

君知るや〝ざっかけない〟人情を

浅田　宮部さんも江戸っ子だから、ふだんうちでしゃべってる言葉と、外に出てしゃべる言葉は多少違うでしょ。
宮部　う〜ん……そうかなあ。
浅田　あっ、女の人はそれほど差がないか。男の場合、家でじじばばとしゃべる言葉は汚《きた》ないから、外に出ると急に山の手の言葉になるんですよ。
宮部　へえ〜（笑）。ちょっと昔の現代小説って、妙齢の女性の話し言葉で「何々ですわ」ってよく書いてあるでしょ。山の手って、現実にそんな話し方してた人いました？
浅田　あれはですねえ、よく議論になるんですよ。
宮部　でしょ、でしょ。いないでしょう？
浅田　いや、純潔な山の手言葉はあれなの。
宮部　ええっ、そうなんですか。
浅田　僕ら、保護者会でお母さんたちが「何々でございますわ」って言ってたの、耳についてますよ。あれはあれで美しい言葉だったな。
宮部　そこらへんは、やっぱり土地柄の違いなんだなあ。私なんか、しゃべってるのも書いてるのも下町の言葉なんですけど、それにも混乱があるんですよ。うちの母は疎開で山梨県に行ってたので、母が自信をもって下町っぽくしゃべってる言葉が山梨の言葉だったりして。

浅田　ああ、そういう話、ほかでも聞いたことがある。疎開先の言葉を持って帰ってきちゃったんでしょうね。

宮部　そうそう。疎開による言葉の混乱。だれかそれ、研究してくれないかな（笑）。

浅田　そうか、親が学童疎開世代か。僕の父親は兵隊ですから、宮部さんとだいぶ年が違うのかな。

宮部　私のほうが十歳くらい下ですね。

浅田　えっ、そんなに違うの？　でも下町だから、お父さんはやっぱり「バカヤロー」ってやたら言ってたでしょ？

宮部　言います、言います。会話に弾みをつけるためだけに言ってます（笑）。

浅田　町で友達に会うと、「なぁ〜にやってんだよ、バカヤロー」。

宮部　そう、そう、そう（笑）。

浅田　あれ、地方に行くと大変いけない言葉なんだってね。僕、ずいぶんそれが元でけんかになったことがあった。東京じゃ日常語なのに。

宮部　オマエとかアンタもよく使いますよね。

浅田　男同士だとオメエでしょ。

宮部　それ、うちの父は一日何回も言ってます。「そいでよぉ、オメエ」って、合いの手として使ってる。
浅田　特定の人を指して言ってるわけじゃないんですよね。
宮部　そうそう、ただの調子づけ。乱暴に聞こえるみたいだけど、残したいですよね、そういうざっかけない東京弁。
浅田　えっ、ざっかけないって何？
宮部　あっ、ざっかけないって言いません？　ざっくばらんとか、気の置けないっていう意味で、ざっかけないって。
浅田　俺、知らない。まずいなあ（笑）。
宮部　まずくないですよ、きっとうちのほうだけなんだ。浅田さんちって、ほこりだらけのこと、ほこりぼっけって言いました？
浅田　言わねえよ、そんなの。それこそ山梨から来た言葉じゃないの？
宮部　ははは、私もそう思ったんだけど、うちの母は頑固に「これは疎開先で覚えたんじゃない」って言い張るんですよ（笑）。
浅田　向こう側のことは、あっちかしって言う？
宮部　言いますよね、あっちかし、こっちかしって。あれは「河岸」から来てるんでしょうね。

浅田　江戸は掘割がずっとあったからね。したっけは？

宮部　したっけって、それでさあ、みたいな意味ですよね。聞いたことはあるけど、うちでは言わないですね。

浅田　これは、「言う」っていう江戸っ子と、「言わないよ」っていう江戸っ子に分かれるんですよ。まっつぐ、は？

宮部　まっつぐは、東京全般で言いますよね。

浅田　うん。僕、いまだにまっすぐって言いづらくて、まっつぐって言ってる。

宮部　意識しないで使ってる言葉が東京弁だったってこと、ありますよね。

浅田　それが本当の方言なんだよね。この前（中村）勘九郎さんと話したんだけど、あの人もよく残してるよ、完全な東京弁。こうってよく言うって言ってたな。ほれ見てみろっていうときもこう、こんなにっていうときもこうって言うって。

宮部　こう？　それ、言わないなあ。聞いたこともない。

浅田　俺はわりと言うんですよ。

宮部　へえ〜。当たりが柔らかくて、優雅な感じですね。言葉もどんどん変わっちゃうから、東京弁保存会を作らなきゃ（笑）。

浅田　今は、下町言葉も山の手言葉も区別がなくなってるし、日本中が全部同じテレビ言葉になってるから、つまんないよね。

ふたりを染める色街、洲崎の因縁

浅田　僕の家は中野だって言ったけど、おやじの経営する会社ってのは神田にあったんです。カメラの問屋でね、中野の家には「若い衆《し》さん」と呼ばれる店員が住み込んでた。

宮部　そうなんですか。下町のサラリーマン家庭に生まれた私とは、ずいぶん違う生活ですよね。

浅田　朝飯は住み込みの人もみんな一緒にとるから、二十人ぐらいバーッと並ぶの。

宮部　わあ〜、おもしろい。

浅田　でもね、僕は次男坊だから部屋住み扱いなんですよ。上座におやじが座って、次が兄貴、じいさんばあさん、それから番頭さんたちが序列に従って並んで、僕はいちばん隅。これ、東京の商家の伝統だと思う。長男は偉いんだけど、次男坊以下はみそっかすで、服だってお古しか着せてもらえない。だから僕、乙川（優三郎）さんの小説読むとね、部屋住みの侍にものすごく感情移入するの。

宮部　へえ～（笑）。
浅田　東京の朝飯って、納豆だけでしょ？
宮部　えっ、ああ……。
浅田　やっぱり十歳違うと、朝飯も違うかなぁ（笑）。うちは味噌汁はあったけど、あとは漬物と納豆が大丼に入ってて、上座からずっと回ってくる。
宮部　じゃあ浅田さんに回ってきたときは、もう少なくなっちゃうわけですね。
浅田　ちょっとしか残ってない。で、朝飯が終わると、住み込みの店員がオートバイや車でバーッと出勤して、夕方またバーッとみんな戻ってくるっていう家で。
宮部　浅田さん、その話、小説にしてくださいよ。昔の東京の商家の暮らし、ぜひ残しておくべき歴史の一つだと思うな。
浅田　まあね。宮部さんちは、お父さんはサラリーマン？
宮部　サラリーマンといっても職工で、一つの会社に四十年以上勤めました。ひじょうに堅い人でね、毎日同じ時間に家をでて、同じ時間に帰ってくるので、父の行動で時計が合わせられた。
浅田　うちのおやじと正反対だな。うちのおやじは常識と非常識が妙に調和してる人なんだよ。月に二度ぐらいしか帰ってこないけど、今日の何時に帰るっていうと、ピタッとその時間に帰ってくる。そこは常識人なんだけど、そのとき芸者を連れて来たりして。
宮部　おもしろ～い（笑）。
浅田　宮部さんのお父さんは、すごくよさそうなお父さんだよね。
宮部　いやいや（笑）。母方の祖父が材木関係の渡りの職人で、すごく遊び人だったんです。それを見て育った母は、とにかく会社勤めの堅い人がいいってお見合いで父と結婚したんですけど、結局ずいぶん苦労したみたい（笑）。
浅田　おじいさんが遊び人てとこは、うちと似てる。しゃれもんでね、近所にタバコ買いに行くときも、真っ白い麻のスーツにパナマ帽被って行く。うちはみんなハイカラで、正装してなきゃ玄関から出なかったな。
宮部　かっこいいなあ、そういうの。粋な家族ですよね。
浅田　でもじじいなんて、そのくせ近所中から借金してくんの。競輪、競馬が好きで、下手な博打打ちでね。
宮部　うちの祖父は、洲崎の遊廓に通いつめてて、洲崎じゃ有名人だったたって。
浅田　えっ、じゃあうちのじじいとニアミスしてるかもしんない。実はうちのばあさんが、洲崎の遊廓にいたっていう噂があってね。
宮部　おお、もしかしたらうちの祖父と会ってた！（笑）

浅田　もしかしたら（笑）。そのばあさん、祖父の後添いなんだけど、すごくあだっぽくてね。僕を育ててくれた人なの。小さい頃、そのばあさんに連れられて洲崎に行った記憶があるんですよ。ばあさん、行く先々で知り合いと昔話をしながら、帰りに寿司を食わせてくれたな。その記憶をつなぎ合わせると、ばあさんが洲崎にいたという伝説はほんとじゃないかなと思うんだけど。

宮部　家族とか親族の歴史って、聞くと「ええっ!?」っていうようなことがありますよね。

浅田　あるある。

宮部　うちの祖父なんて、女物の襦袢を着てぞろぞろと洲崎にいつづけて、母は子供の頃よく迎えに行かされたって言ってました。

浅田　ほお〜、いいじいさんだなあ（笑）。

宮部　私のみゆきっていう名前、本名ですけど祖父がつけたんですよ。当時の名前としてはあだっぽいっていうか、源氏名的でしょ。

浅田　はいはい。

宮部　それで、「絶対、洲崎のおねえちゃんの名前をとった」って、みんな言ってました。

浅田　昔の男はよくそれやったんですよ。好きだった女の名前を子供や孫につける（笑）。

宮部　ですよね。でも、何回か問い詰めても祖父は白状しませんでしたね（笑）。

浅田　おじいさん、入れ墨彫ってました？

宮部　墨は彫ってなかったけど、ケンカで刺された傷がおなかにありましたね。

浅田　アハハハハッ……。

宮部　母は私が小学生の頃、「おじいちゃんはおなかに鰹節を乗っけて寝て、猫に咬まれたのよ」なんて言ってたんですよ。そんなの子供だって「嘘だあ」と思うじゃないですか（笑）。それで祖父が亡くなったとき母に真相を聞いたら、「女に刺された」って。

浅田　洲崎のみゆきに刺されたんじゃない？（笑）。うちのじじいは、背中に般若《はんにゃ》の入れ墨彫ってたんですよ。でも年とると般若もしわだらけになってきてね、何の絵柄かわかんない（笑）。で、背中も曲がってきてたから、「じいちゃん、背中伸ばさなきゃ駄目だよ」って言うと、「背中を丸めてないと般若がよく見えねえんだ」って、負け惜しみ言ってんの。

宮部　なんかいいなあ、しゃれてますよね。

浅田　江戸っ子ってかわいいよね。

宮部　かわいいですよね。

浅田　宮部さんちでは、「でぇーい！」ってちゃぶ台をひっくり返してなかった？

宮部　祖父はもちろんやったらしい（笑）。

浅田　あれは東京の習慣ですからね。

宮部　近所でもやってましたね。でも、父はやってなかったと思う。養子ではなかったけど、マスオさん状態だったからかな。
浅田　うちはもう、おやじもじじいも必ずっていうぐらいやってた（笑）。子供は悲しいもんですよ、あれやられると。食べたいものがあるのにね……。
宮部　全部ひっくり返されちゃう。
浅田　よく覚えてるのがレタス事件。僕が小学校高学年のとき、食卓に初めてレタスが出たんです。塩振って食ったら、感動しましたね。それまで生で食う野菜ってキャベツの千切りしか知らなかったから、世の中にこんな優雅でうまいものがあるのかと思って。ところがじじいがそこに来てね、「こいつは何でぇ？」。おふくろが「チシャの仲間です」とか何とか言ってるうち、じじいの顔にスダレがかかって、「俺ア、ウサギじゃねえんだ！」（笑）。丸いちゃぶ台がね、見事にとなりの四畳半まで飛びましたね。
宮部　「ウサギじゃねえんだ！」（笑）。いい決めぜりふですよね。
浅田　うちはみんな芝居《しばや》が好きだったから、決めぜりふは考えてたんじゃないかな。
宮部　東京はそうですよ、みんな。けんかしたり啖呵切るときには考える。うちは母がけんかっぱやかったんですよ（笑）。
浅田　ねえ、東京の人はけんかっぱやいのよ。翌日になればカラッとしてるんだけど。

宮部　キレるのが早いんですよね。

浅田　早い、早い（笑）。

宮部　私が子供の頃、母の生家に住んでたんですけど、となりが工場の男子寮でね。夜中にドンチャンやってうるさいので、母が「子供が起きちゃうから静かにして」と言ったんですよ。そしたら「うるせえ、クソババア！」って返されて、ブチッと切れた。で、「ババア？テメエだって運がよけりゃあジジイになるんだ！」って（笑）。私、それ聞いてて、よく覚えてるんですよ。

浅田　いいねえ、それ。「運がよけりゃあ」ってところがいいよね。

宮部　ねっ、ねっ、テメエなんかジジイになる前にくたばるのがおちだ、っていう感じが出てるでしょ（笑）。

浅田　と同時に、テメエに対して多少の殺意はあるんだぞ、月夜の晩ばかりじゃねえぞ、っていうのも匂わせるじゃない。

宮部　ですよね（笑）。

浅田　でもいい時代でしたね、口だけでそんなけんかができて。

宮部　昔の人の啖呵っていいですよねえ。

浅田　宮部さんのお母さんのせりふ、今度どっかで使ってやろ（笑）。

本日の大団円。麗しの高卒同士

宮部　あのぉ～、差し支えない範囲で浅田さんのご家族とかご親族のことをもうちょっと掘り下げていくと、作家とか学者さんとかいらっしゃるんですか？
浅田　いや、まったくいない。
宮部　あっ、ほんとに？
浅田　宮部さんち、いるの？
宮部　ぜ～んぜん！（笑）
浅田　うちなんか、本もなかったもん。
宮部　うちも！　病気したときだけ買ってもらえたけど、「五百円もした本、一時間で読んじゃったの？」とか言われて。
浅田　それ似てます、かなり（笑）。作家になるような環境って、一つもなかった。
宮部　共通してますね。うちは肉体労働の家系なんで、私は異分子だったんです。母が「おまえは橋の下で拾ったんだよ」って（笑）。
浅田　うちのおやじも、「おめえが作家？　そんなはずはねえ」って死ぬまで言ってた。

宮部　そういう次郎少年を、作家へと駆り立てたものは何だったんですか？

浅田　ないものねだりじゃないかと思う。うちには電化製品はいろいろあったけど、本がなかったので憧れをもったんじゃないかな。

宮部　お書きになり始めたときって、いくつぐらい？

浅田　うろ覚えだけど、中学一年の授業中に連載小説を書いて、クラスに回してたらしい。たしか豊臣秀頼は石田三成と淀君との不倫の子でっていう、壮大なエロ小説（笑）。はっきり覚えてるのは、中一か中二で『小説ジュニア』に初投稿したんですよ。

宮部　はや〜い！

浅田　でも僕、それ以来たくさんの出版社に原稿持ち込んで、ほとんどボツになってますから。

宮部　ええっ、ほんとに？

浅田　うん。『壬生義士伝』の原型なんか、二十八歳のときに書いて出版社に持ってったけどボツになった。

宮部　その出版社は大魚を逃しましたね。でも『壬生義士伝』の原型を二十八歳でお書きになってたって、すごいなあ。早く世に出たいっていう焦りはなかったですか？

浅田　焦りがないっていうより、僕はすごく自己採点が甘いんですよ。大学受験のときも、試験のあと全部受かったと思ってたら全部落ちてたし（笑）。小説でいうと、書いて出版社に持って行く時点で自分は小説家になったと思ってるから、返されたり新人賞に落ちたりすると、おかしいな、読んでくれなかったんだな、としか思わなくて（笑）。

宮部　でも誰か、小説を書くうえでの恩師とか、励ましてくれた人がいたとか？

浅田　ないっすね、それは。

宮部　ないっすか（笑）。私は高校時代、「文章で身が立てられるかもしれない」って言ってくれた先生がいたんです。直木賞のパーティーにその先生を呼んで、お礼を言いました。

浅田　美しい話だなあ。僕は高校時代グレてたし、小説を書いてるなんて恥ずかしくて誰にも言わなかった。

宮部　えっ、意外。浅田さんて生徒会長をなさってた、とかいうイメージだったんですけど。

浅田　とんでもない。今のヘアスタイルからは想像つかないだろうけど、高校時代はライオンのような鮮やかなリーゼントだよ（笑）。

宮部　ええ～っ、ほんと？　写真見た～い！

浅田　見せてやりたいなあ。コンポラのスーツ着て、夜な夜な六本木や赤坂に通う高校生だったんですよ（笑）。で、学校のクラブは園芸部。

宮部　園芸部？

浅田　そう、学校を停学になった子が、園芸部員として花壇の手入れとかやる。

宮部　あっ、それで今もガーデニングが得意なんだ。

浅田　そうそう、昔取った杵柄《きねづか》で（笑）。だからおかしいのはさ、僕が直木賞をとったとき、最終学歴で高校名が出ても先生たちは誰も僕だと気がつかないのよ。

宮部　あれっ、浅田さんて……。

浅田　中大杉並高校卒です。

宮部　えっ、ほんとに？　高卒の作家って、私だけかと思ってた！

浅田　な〜に言ってんの。俺は前から宮部さんの学歴見て、シンパシーを感じてたよ（笑）。

宮部　いやぁ〜、嬉しい！　浅田さんも、大学生活を知らないんですね。

浅田　知らないよ。高卒で自衛隊に入って、十九歳から兵隊だもの（笑）。今どき希少価値だよね、高卒って。

宮部　周りにあまりいないですもんね。

浅田　世間の人だって、小説家はみんな高学歴だと思ってる。「浅田先生、カレッジはどちら？」なんて聞かれると答えようがないんだよ。そこで「高卒です」なんて言うと、相手に恥をかかせるかもしれない、なんて思っちゃって（笑）。

宮部　うちなんて、私より十歳年下の従兄弟が初めて四大を卒業したような家系ですよ。

浅田　おおっ、つくづく似た環境だねえ（笑）。

宮部　でもキャンパスライフを知らないのって、現代小説を書くときすごく不利だと思うときありません？

浅田　はいはい。豊かな青春を知らないって感じはするよねえ（笑）。

宮部　サークルって何？　合コンてどういうものなの？　卒論って何？　ですから（笑）。

浅田　そのキャンパスで講演してると、自分がゴミのように感じたり（笑）。

宮部　私は、『オール讀物』の推理新人賞をいただいたあとも、東京ガスの集金課にいたんですよ。

浅田　いいよなあ、東京ガスってのも。

宮部　督促状を書いてたりしましたし、社会のいろんな層を見せてもらったという意味では、すごく勉強になりましたけど。

浅田　僕はガス止められた経験ありますから。

宮部　ゲゲッ、私のいた支社で止めてたりして。

浅田　俺のアパート、宮部さんがガス止めに来てたっつったらおかしいよなあ（笑）。

宮部　ほんとですね。でも今日はすごくよかった、浅田さんが高卒仲間だとわかって。

浅田　今日のタイトル、花の高卒対談にしようよ（笑）。でも作家って、学歴はいらねえんだよな。
宮部　ほんとにそう。来れ、高卒！　ですね（笑）。

初出　「啖呵切るご先祖様ぞ道標」（『小説すばる』03・1）

失われた「男気」を探せ

中村勘九郎（現・勘三郎）

なかむら　かんくろう
一九五五年、東京都生まれ。
歌舞伎役者。二〇〇五年三月に「中村勘三郎」襲名。
著書に『勘九郎日記「か」の字』『勘九郎芝居ばなし』
『役者の青春』など。

久しぶりの歌舞伎見物

勘九郎　どうも遅くなりまして。『鏡獅子』ごらんになっていただけました？

浅田　素晴らしかった。勘九郎さん、実に気分よく踊っていましたね。

勘九郎　いや、先生、ここだけの話ですが、実は『鏡獅子』というのは、『連獅子』とか『京鹿子娘道成寺』なんかとちがいましてね、踊っているほうはあんまり楽しめないんですよ。と言うのは、ほら、『鏡獅子』というのは、千代田城のなかで踊る。しかも、もともと踊りたくない御小姓の弥生が将軍のご所望で踊るわけでしょ。ですから、性根としては、楽しくない。その心根が芯にありますから、どっちかと言うと、抑えて踊るわけです。ですから、踊るほうとしてはかなり疲れるんですよ。『道成寺』なんかは白拍子が踊りたくて踊るわけですし、場所もお寺ですし、桜が満開だったりして、気分がいいんですけどね。

浅田　そうなんですか。『鏡獅子』って、抑えて踊るんですか。知らなかったな。

勘九郎　ですからね、弥生を演るときには、一時間前に入って、顔をして（化粧して）、楽屋でじっとしていますからね。処女ですからね、弥生は。静かに心を落ちつけてます。

浅田　ああ、なるほど。それはよくわかるな。僕も、女性がたくさん出てくる小説なんか書いているときは、書斎から出ると、なんか女性になってるみたいですよ。「ねえ、ちょっと、ごはん、まだ?」みたいで(笑)。家族がわかるみたいですからね、今何の連載を書いているのか。武家ものを書いているときは、顔が侍になってたりしてるそうですよ。

勘九郎　そうでしょうね。僕らの世界でも、何か失敗して謝るなら、相手が女形をする前がいいって言われますからね。例えば、僕が楽屋で、今みたいに『鏡獅子』の弥生になろうとしているときに、その前に何か失敗したお弟子さんが楽屋に謝りに来て、「どうもすみませんでした」なんて言われたら、「ああ、いいよ、いいよ」なんて言いますけど、『髪結新三』のときだったら「何やってやがんだい、このおっちょこちょい! 何度言ったらわかるんでえ」なんてすごい勢いで怒鳴りますからね(笑)。いや、ほんとに。

浅田　勘九郎さんは、『鏡獅子』は結構踊られているのですか?

勘九郎　約一カ月の公演を十五回やりました。外国で踊ったのを入れるともっとですね。

浅田　いや、それにしても歌舞伎を久しぶりに堪能させていただきました。このところ忙しくて、歌舞伎を見る機会も減りましたけど、実は、僕は子供の頃からジジババに連れられて、歌舞伎座にはよく来ていたんですよ。ですから、勘九郎さんの子役時代はよく見ているんです。

勘九郎　浅田さんが子供の頃って言うと……。

浅田　僕と勘九郎さんとはそんなに年がちがわないと思うんですけどね。ちがっても一つか二つ。僕は昭和二十六年生まれですから。

勘九郎　何言ってるんですか。全然、年がちがいますよ。僕は昭和三十年ですよ。四つもちがいますよ。全然って言うほどはちがわないか（笑）。で、僕の初舞台は昭和三十四年で、四歳のときだから、浅田さんが八歳のときです。浅田さんが歌舞伎で最初に見たのは、何でした？

浅田　いや、今日、歌舞伎座に入ってからずっと、そのことを考えてたんですけどね、最初に見たときのことは覚えていないんです。でも、僕の頭のなかで、一番初めにはっきりと記憶に刻み込まれているのは、小学生のときに見た『先代萩』ですね。政岡が昨年亡くなった中村歌右衛門さんで、勘三郎さんも出てました。なんの役だったかな。あっ、あれだ、えーと、細川勝元。

勘九郎　はい、演ってます。じゃ、仁木弾正が先代の幸四郎さんでしょう。それで、渡辺外記が先々代の三津五郎さんですね。わかりました、わかりました。ずいぶん前ですね、それは。

浅田　そのときね、子供心にも、歌舞伎ってなんてきれいなんだろうって思いましたね。

勘九郎　それはよかった。最初に見た歌舞伎が面白くないと、一生見ない人が多いですからね。高校生のための歌舞伎教室なんか本来、とっても重要なんですよ。千人見て、将来、百人が歌舞伎を好きになって、見てくれるようになればいいっていう目的でやっているんだけど、ちょっと間違うと、九百人の高校生をわざわざ歌舞伎嫌いにしてしまう可能性もあるわけですから。

浅田　その意味では、歌舞伎が好きになったんだから、僕はラッキーだったのかもしれないな。

勘九郎　昔は、浅田さんの子供時代のように子供が親や祖父母に連れられて、よく歌舞伎を見に来てくれたそうですよ。なぜかと言うと、歌舞伎座のなかに、おもちゃ屋があったからだと言われてます。今は、ないですからね。

浅田　なるほど。僕は特に歌舞伎座でおもちゃを買ってもらった記憶はないな。

勘九郎　大事なんですよ、子供さんは。この間もね、僕が玉三郎さんと『鰯売』を演ってましたらね、ええ、ええ、三島さんの。それで、客席で小さなお嬢ちゃんがとにかくゲラゲラよく笑ってくれるんですよ。すごく嬉しかったですよ。そしたら、あっという間に、その子が案内係の女性に外に連れ出されてしまったんです。「えっ、どうして？」って思いましたね。舞台の上で、一瞬、凍りそうになりましたもの。だって、そうでしょ。その子は僕の演技にいちいち正しい反応してくれてたんですから。笑ってほしいところで笑ってくれているんですから。後で聞いたら、お客さんから苦情が出たんで、外に出したんですって。泣いたとか、騒いだんじゃないんですよ、笑うところで笑ったのにね。ね、これじゃ、おばあちゃんもお孫さんを連れてなんか歌舞伎座に来ませんよ。とんでもないことなんで、後でご家族に謝っておきましたけど。そしたら、毎月来てくれてます。

ワルは江戸弁にかぎる

浅田　そうなんだな。どうも歌舞伎って言うと、いわゆる勉強の延長になってしまうんですよね。それがいけないと僕は思うんですよ。小説もそう。学問の延長上に置いてしまう。芸術というのは、僕は庶民の娯楽だと思うんです。だから、今の子供たちがゲームをやったり、パソコンをやったりするのと同じように、芝居を見たり、小説を読んで興奮しないと嘘なんですよ。それだけの力を、芝居も小説も持っていると思いますね。

勘九郎　興奮って言えば、『天切り松　闇がたり』を読ませていただきましたけど、ストーリー展開が面白いだけでなく、台詞のテンポがたまらなくいいですね。浅田さん、絶対、東京生まれでしょう。

浅田　中野生まれですけど、うちの店が神田にありましてね……。

勘九郎　ねっ、そうでしょ。読んでてすぐにそう思ったもの。何代も何代も？

浅田　ええ、うちの家系は、生粋の江戸っ子なんですよ。何しろ、僕の時代になって、兄貴も僕も嫁さんを地方から貰うなんていうことになったときは、大変でしたよ。「江戸っ子は箱根の山の向こうから嫁などもらうもんじゃねえ」って（笑）。祖父母なんか薩長土肥を「この田舎者が……」なんて馬鹿にしてましたから。

勘九郎　そうでしょうね。それでないと、この本に出てくるような、こういう粋な江戸弁というか、東京言葉は出てきませんからね。僕もタクシーに乗っては、よく言ってましたよ。「おう、まっつぐ行っちくんねえ」とかなんとか（笑）。ただね、ひとつだけ間違えていたのは、「さぶい」っていうのは、江戸弁じゃないんですってね。「寒い」って、江戸の人は言ってたんですって。

浅田　えっ、そうなんですか。「さぶい」って、僕らも言いますよ。

勘九郎　やっちゃ場の人がそう言ってたし、うちの親父も教えてくれましたもの。「さぶい」という言葉を使いだしたのは、明治以降なんですって。「さぶい」って一見、江戸弁に聞こえますもんね。

浅田　じゃ、「さぶい」は薩長土肥が使った言葉なのかもしれない。僕が教わったのは「ど真ん中」は関西の言葉で、東京では「まん真ん中」っていうんだって。まあ、「ど」がつくのは関西の言葉だから。聞けば、ああそうかと思いますけど、「さぶい」が江戸弁じゃないなんて知らなかったな。

勘九郎　それにしても、この『天切り松　闇がたり』のなかの台詞はいい。でも、浅田さん、少し歌舞伎を意識してません？

浅田　当たり！　僕は河竹黙阿彌が大、大大好きで、ものすごく影響を受けていますし『天切り松』の舞台は明治、大正ですけど、ものすごく黙阿彌を意識してます。黙阿彌の台詞まわしって、江戸弁で気持ちがいいですからね。

勘九郎　柄のねえところへ柄をすげて、油ッ紙へ火がつくように、べらべらべらべら御託をぬかしやァがりやァ、こっちも男の意地ずくに、破れかぶれとなるまでも、覚えはねえと白張りの、しらを切ったる番傘で、筋骨抜くから覚悟しろィ！

浅田　『髪結新三』ですね。新三が手代の忠七を傘で叩いて、下駄で踏みつける、いいところ。黙阿彌の啖呵は、実に気持ちいいですからね。黙阿彌が台詞のなかに使う「おう！」なんて言葉、うちの祖父なんかも使ってましたからね。カーッとしたりすると、「おう！　ちょっと待ちな」ですからね。

勘九郎　「こう……」「こう……」なんていうのも使いますね。今でも、東京の若い子が使ってますから。黙阿彌が書いた新三の台詞は、やっていて気分がいいですよ。「ええィ黙りやァがれ」とか「何ぬかしやァがる」「しゃらくせえ」とか、いちいちいいよね。『天切り松』もお書きになってて、気持ちよかったでしょ。

浅田　もう、すらすら出てきて、あれ、枚数に制限なかったら、いつまでも書いてましたね（笑）。でも、新三って、今でも自分たちの友達のなかに、こういうやつっていそうじゃないですか。ちょっとしたワルで、そのくせ憎めないっていうのが。やっぱりワルのほうが演じる方も、いい人を演じるより楽しいでしょうね。

勘九郎　そりゃ、楽しいですよ。実際にやったら警察に捕まるようなことを、舞台で演れるんだから、気分がいいに決まってますよ。弁天小僧なんて、ひどいですからね。雨が降ってもいないのに傘なんか差してさ、その傘に「白浪」なんて書いてあるんですよ。泥棒なんて書いてある傘差して、あんな派手な衣装着て町のなかを歩いていたら、芝居じゃなかったら捕まるよね、絶対（笑）。浅田さんもワルが好きでしょ。

忘れられた「ダンディズム」の復活を

浅田　ワルと言っても、人殺しは書きたくないんですよ。僕がこの『天切り松　闇がたり』の三巻を通して書きたかったのは、失われた男のヒロイズムなんです。昔はカッコいい男が、周りにたくさんいたように思いませんか。それがいなくなった。まるでダムの底に沈んだように、東京そのものもなくなってしまいましたからね。

勘九郎　町名だって、今ひどいでしょ。義父の中村芝翫《しかん》は「神谷町！」って声がかかりますけど、住所としては虎ノ門ですからね。舞台に出てきたら「虎ノ門五丁目！」じゃ話になりませんよ（笑）。

浅田　私の祖父母がいたのが「鎌倉河岸」ですけど、今は内神田ですからね。

勘九郎　なんで、昔からあったいい名前を変えてしまうんでしょうね。変えた人たちは、きっと東京の人じゃないね。

浅田　僕もそう思う。東京の人だったら、そんな馬鹿なことはしないですから。

勘九郎　もう、今の東京で江戸を探すのって大変ですからね。僕が子供の頃に、新内流しを見たくらいだもの。うちの親父なんかは上野の山に瞽女《ごぜ》さんを見に行ったって言ってましたけど、今上野に行ったら、イラン人が偽造テレカを売ってる（笑）。

浅田　僕は虚無僧を見ましたよ。

勘九郎　え！　嘘でしょ。

浅田　いや、ほんと。友達も見たって言ってたから、僕らの時代までは虚無僧はいたんですよ。うちの祖母は、時々お歯黒なんかしてましたからね。

勘九郎　えーっ！　そりゃ、浅田さんと僕の間には、時代の差がはっきりとありますよ。四歳どころの差じゃないですよ（笑）。

浅田　祖母の悪戯だったかもしれないけどとにかく、そうした江戸の名残というか、昔の東京そのものもなくなってしまったわけでしょ。

勘九郎　でもね、逆に考えると、江戸時代って、そんなに昔じゃないってことも言えますよね。うちの親父なんか、明治四十二年生まれですからね。ということは、親父が生まれる四十二年前は、江戸時代だったっていうことですから。

浅田　そう考えると、江戸はすぐそこですね。それなのに、東京オリンピック以降、あっという間に、江戸が消えてしまった。で、それと同時に言葉も失われ、その時代に生きていた東京の男たちの「男気」も一緒に消えていってしまった。そのロマンを何としてでも小説に残しておこうと思って、書き始めて第三巻まで書き上がったんですが……。

勘九郎　「男気」。いい言葉だねえ（笑）。特に、この本のなかに出てくるワルたちのなかでは、黄不動の栄治って、好きだなぁ。

浅田　いいでしょう（笑）。その「男気」という言葉も、今じゃ死語になってしまった。だから、どうしてもこの本で、西洋化されない日本流のダンディズムを書いてみたかったんですよ。昔の日本には、こういうカッコいい男たちがたくさんいたんだという思いを込めて。

勘九郎　それが、黙阿彌とつながった。

浅田　そう！　日本男児のヒロイズムを何としてでも、もう一回、この平成の世に復活させたい。それを書くにあたって、自分の頭のなかにあったのが、黙阿彌の登場人物たちが持っていた「男の色気」なんです。その色気がどうしても書きたかったわけ。だって、いま映画を見ても、テレビを見ても、日本の男がカッコ悪いでしょう。

勘九郎　それで、自ら『壬生義士伝』に出演されたんですか（笑）。

浅田　勘弁してくださいよ（笑）。

平成の黙阿彌誕生？

勘九郎　ところで、浅田さん、小説もいいけど、いっそ、歌舞伎を書いてくれませんか。

浅田　えーッ！

勘九郎　浅田さんは、絶対に歌舞伎を書かなけりゃいけない人なんですよ。だって、そうでしょ。江戸っ子で、江戸の地理がわかって黙阿彌が大好きで、江戸弁、東京言葉をこんなに自由自在に駆使できるんだもの。ねっ、そうでしょ。あれ？　ウンと言わない（笑）。

浅田　あのね、勘九郎さん。歌舞伎ってね、東京人にとっては、特別なものなんですよ。映画の原作とかテレビの脚本だったら、何も感じないですけど、歌舞伎の台本となると、すごいプレッシャー感じますよ。失敗したらもう絶対に立ち上がれないっていう……。

勘九郎　そんなことないですよ。と言いますのは、いいですか、先生、僕も黙阿彌は好きですよ。でも、僕は黙阿彌とは話せないでしょう。黙阿彌は当時、市川小團次という役者と組んで、小團次のために書いたわけですよ。もちろん、小團次ともよく話したでしょうし、芝居だって毎日見たと思いますよ。自分が書いた芝居がウケているかどうか、心配ですからね。そして、ウケない場面は、その夜に小團次と相談して変えたりしているんです。僕が目指しているのは、そういう方法なんです。現代の作家の先生と一緒になって、今の歌舞伎、生きている歌舞伎っていうかな、新しい歌舞伎を作っていきたいんですよ。どうですか、先生、ここらでひとつ、先生の言われる「男気」で、中村屋のために片肌脱いじゃ、もらえませんかね。

浅田　あのー、目の前にいるのが勘九郎さんというだけで、かなり今日の僕は負けているのに、そんなこと言われると、もうプレッシャー、感じるなァ。歌舞伎をきちんと勉強しなおさないといけないないしなァ……。

勘九郎　そんなことないですよ。だって、この間の野田版『研辰の討たれ』だって、すごいですよ。野田秀樹からもらった最初の僕の台詞が「しないでジェラシー、されるがジェラシー」ですよ。もう、どうしようかと思ったもの。「ジェラシー」ですよ。こんな言葉を歌舞伎座で歌舞伎役者が言ったんですよ。僕なんか初日の前なんか、緊張して、震えちゃったもの。でも、実際は何でもなかったというより、ひとつのハードルをこれでポンと越えてしまった感じだったですね。ある意味で、歌舞伎とは何か、どこまでが歌舞伎なのかって言ったときに、今は歌舞伎役者が演るから歌舞伎だっていうところまで、来てると思うんですよ。だから、浅田さん、きちんと勉強なんかしなくていいですから。こうなると、対談じゃなくて、懇願だね（笑）。もう、ダメ！　逃げようとしたって!!

浅田　いやー、まいったなァ……（笑）。

初出　「失われた「男気」を探せ」（『青春と読書』02・3）

リストラの世に、凜と生きる
『五郎治殿御始末』は同時代人である
森永卓郎

もりなが　たくろう
一九五七年、東京都生まれ。
経済アナリスト。
ＵＦＪ総合研究所経済・社会政策部研究員。
著書に『ビンボー主義の生活経済学』『庶民派経済学』
など。

明治維新と「今」

――このほど刊行された『五郎治殿御始末』には、明治維新で〝失職〟し、時代に翻弄されながらも、矜持を失わず生き抜く武士たちの姿が、生き生きと描かれています（編集部注・表題作のほか五編を収載）。この作品には『中央公論』本誌連載中から、「登場する武士たちに、同時代人としての親しみを感じる」という読者の声が数多く寄せられました。森永さんはどう読まれましたか。

森永　明治維新といえば封建社会が崩壊して、一気呵成に新生日本の建設が進んだという程度の理解だったのですが、この本を読ませていただいて、認識がガラリと変わりました。少し前まで支配階級として高楊枝をくわえていながら、変革に「取り残されて」右往左往せざるをえなかった人たちが、実はゴマンといた。考えてみれば、そうでなければ不自然ですよね。

同時にこの変革は、変えなければいけない部分だけではなくて、本来壊すべきではなかった、例えば日本人が持っていた優しさ、プライド、価値観といったものまで踏み潰していく過程だったのだということを再認識しました。まさに、今目の前で起こっていることに重なります。

——浅田さんが、今、この物語を書かれた狙いはどこにあるのでしょう。

浅田　「江戸時代はそんなに遠い昔ではない」というのが僕の信念なのです。そういう意味では、現代と重なっても何も不思議ではない。時代におもねってというか、特別、今を意識して書いたつもりはないのですよ。『五郎治殿……』は、明治元年生まれの老人が、曾孫に自らの幼少期の体験を語るという構成になっていますが、まさに僕の曾祖父はそういう時代の人です。丁髷を結って、刀を差していた時代が遥かに遠い過去だというのは、まったくの錯覚。時代を今に投影するというよりも、あの幕末の混乱を経験し乗り越えた人たちの意識は、われわれとそんなに違うものではなかった——これが今回僕の書きたかったテーマなのです。

森永　ただ、そういった「意識」「感性」が歴史の中で蹂躪されてきたのも事実ですよね。江戸時代って、武士階級は別として一般庶民は結構〝ラテン〟だったのです。宵越しの金は持たない、年中夜這いをかける（笑）。そうした精神文化が明治維新で壊され、さらに日清、日露戦争を経て粉々に踏み潰されていくわけです。江戸時代に戻ったほうが、庶民は絶対に幸せになれると思いますね。

もうひとつ明治維新に対して疑問を感じるのは、たしかに掲げた理念は正しかったと思うのですが、実際にやっていたのは派閥争いだったのではないか、ということです。本当に能力のある人が、実力社会になったはずの新政府で登用されたようには思えません。

浅田　まったくそのとおりで、維新は派閥抗争の歴史だった。革命の功績は、必ずしも正当に評価されませんでした。典型が水戸藩。ここは攘夷思想の権化みたいなところで、最初に水戸が動かなかったら、もしかしたらあの明治維新はなかったかもしれないとさえ思われる存在なのですが、僕の知るかぎり新政府の要人に就いた人間は一人もいない。薩長の「派閥の論理」が幅を利かせていたからにほかならないと、僕は考えています。

――　浅田さんの「江戸時代はそんなに遠い昔ではない」という指摘について、森永さんはどう思われますか。

森永　だから戻ることができるのではないでしょうか（笑）。

日本人には日本人に合った生き方というものがあって、欧米、なかんずくアメリカの真似をするのが、けっして幸せなことではないはずでしょう。にもかかわらず、それを無理やり押し付けようとする。

極論に聞こえるかもしれませんが、私は「改革」というのは一部の人間が権力を握るための手段に過ぎないと思っています。許し難いのは、その過程でとんでもない富の収奪が起こることと、「古き良きもの」まで一切合財が破壊されてしまうことです。改革において、ソフトランディングは難しい。「箱館証文」に出てくる〝江戸城の門〟もそうですね。（編集部注・徳島藩出身の官吏が、江戸城の御門を次々に破壊する欧州帰りの上司に異を挟み、「楓御門」を守った）

海外ではサムライになる

浅田　よく「戦後の日本人はナショナリズムを喪失した」などと言われるのですが、僕に言わせればこれは今に始まったことではない。明治維新以降、ずっと喪失し続けているのですね。外国の真似をする、外国人と同じになりたい……それはとりもなおさず、日本人を喪失することでしょう。明治維新には、まだ「彼らの植民地政策に巻き込まれないため」という大義名分はあったのですが、その後の百三十年間は、ただひたすら外国人になりたいとなってしまった（笑）。

途中、「大日本帝国万歳」というシュプレヒコールは聞こえましたが、これは、ナショナリズムなきシュプレヒコールにすぎなかった。後の時代の人間があれを見て欺瞞性を禁じ得ないのは、何らのバックボーンもなく「ナショナリズムの回復だ」と叫んでいるのが、スローガンの裏に透けて見えるからです。明治維新以降、海外で見られたような原理主義運動、復古主義の高まりのようなものがあったかと言えば、ノーです。常に「新しくしよう」「強くなろう」という意識があるだけ。

――今、改革を叫ぶ人たちも、明らかに米国流を日本に当てはめようとしています。

森永　彼らが日本を米国流につくり変えようとするのは、「アメリカのエリートのようになりたい」という願望があるからではないかと私は疑っています。例えば、ハーバード・ビジネススクールのマイケル・ポーター教授が二時間講演すれば、ギャラは一〇〇〇万円。こういうエリートになりたい。そのためにはまず、日本をアメリカ流儀の国に構造改革する必要がある、というわけです。根底には白色人種に対する劣等感もあるのでしょう。批判しながら、私自身もコンプレックス自体は否定しきれない（笑）。

浅田　僕も外国に行き始めた頃は、常にコンプレックスに苛まれていました。握手をしながら、相手を見上げなければならない。まるで丁髷の武士が燕尾服と握手する、幕末の戯れ絵のようではないか（笑）。だから最近は開き直って、外国に行くときは自分を〝サムライ〟だと思うようにしているのです。俺はサムライとしてこの国を見聞に来たのだ、と。それ以来、握手のたびについ頭を下げてしまう癖も、まったく苦にならなくなりました（笑）。

――先ほど「壊すべきでなかったものまで壊してしまった」という話がありましたが、武士たちは何を残したかったのでしょう。

浅田　結果的に残すのは無理だったのでしょうが、もし僕があのときの武士だったとしたら、とにかく慣れ親しんだ目前の風景があれよあれよという間に壊されていくことに、最もショックを受けたでしょう。だからその思いを中心に据えて、文章にしたつもりです。話に出た「楓御門」もそうですが、そこには幾多の歴史が紡ぎ込まれているのですね。単なるモノにとどまらず、大げさに言えば自分たちのアイデンティティを象徴していたのです。これらが物理的に破壊される喪失感は、本当に堪らないものだったと思いますよ。

維新が日本人の温かさを奪った

森永　あくまでも私の仮説なのですが、江戸時代までの日本はヨーロッパと似ていたと思うのです。ヨーロッパでは、庶民が貴族になることはできません。だから「今の身分で、どう人生を楽しもうか」となる。〝余計な〟上昇志向はないのですね。江戸の日本にも士農工商の「身分制度」が歴然としてありました。でも農民は普段は慎ましく暮らしながら、祭りになると思い切り羽目を外して楽しんだ。武士階級に影響を与えつつあった「儒教倫理」なんて、知る由もなかったのです。

　これに対して、アメリカは「サクセスストーリー」の国です。形式的には、地位と収入がリンクする。たしかに、マイケル・ジョーダンは富も名声も手に入れました。しかし、こういう「勝ち組」は全体の一割か、よくて二割だということです。

どちらが良いと考えるのかは、現在置かれている立場によっても違うのでしょうが、少なくともヨーロッパ的だった江戸時代は、一般的に思われているほど、庶民にとって不幸な時代ではなかったのではないかと思うのです。

浅田　僕も同感。明治の中央集権体制が確立されるのに伴って「ああせい、こうせい」という規制が多くなって、さらに倫理的な制約をかけるようになったのです。江戸時代の農民や町人、僕は武士もそうだと思うのだけれど、そんなに四角四面の生活を強いられていたわけではない。

――ただ、実際に維新は起こってしまった。その結果、「負け組」がたくさん発生したわけですが、今度の作品に出てくる武士は、にもかかわらずみんな〝温かい〟のはなぜでしょうか。

浅田　それは、失業者があまりにも多すぎて（笑）。その分失業者同士の精神的な連帯感は、とても強かったのではないかと想像するのですよ。当時、人口の五分の一近くを占めていた武士は、新政府で登用されたごく一部を除いて職を失った。しかも、今と違って絶望的な失業ですよ。サムライは金勘定ができなかったはずで、まったくつぶしが利かない。士魂商才なんて、とてもとても（笑）。

今の日本は、豊かな国の不景気ですよね。誤解を恐れずに言うと、ホームレスになっても楽に生きていける国は、世界にそうはない。ニューヨークのホームレスなんて、ものすごく悲惨でしょう。

森永 いや、日本もわかりませんよ。あのときの武士の選択肢は、新政府にシッポを振るか、抵抗して駿府に下るか、あとは自分で商売などを始めるかだったわけですね。今、構造改革がめでたく成功して、経済基盤がハゲタカファンドに乗っ取られたとしたら、まず駿府はありません。旧体制は完全になくなっている。だから一部の人がハゲタカにシッポを振り、残りの大部分は「自己責任」で生き残る術を探さねばなりません。そういう人が爆発的に増えるでしょう。ところが、そうそう食い扶持はない。私は、もうすぐ限界点を超えるだろうな、とみています。

浅田 日本はこれまで、アメリカ的なものを追っかけてきたわけですが、いよいよ本質的にアメリカになろうというわけだ（笑）。

ただ、明治維新の偉かった点を挙げるとすれば、外国人を頭には据えなかったことですね。彼らの要求は呑んだし、知恵を借りたり、参謀に据えたりというのはあったけれど、どの分野でもリーダーシップは日本人がとったのです。そういう点も、今とはちょっと違うかなという気がしますね。

自分の弱さを知っていた

――当時の武士が路頭に迷いつつも、優しく、たくましく生きられたのはなぜでしょうか。

浅田　時代背景云々というより、ひとことで言えば、自分自身に誇りを持っていたからでしょうね。人間は本来的に弱い動物なのです。そんな人間を本質的なところで支えているのは、社会とか他者とかではなくて、自分自身の人格に対する誇り。この一点だと僕は思います。昔の人は、このことを理解していた。だから「どんな人生であっても、かけがえのないものだ」と考えられたのでしょう。そうした考え方が端的に表れていたのが武士の生活だったのではないでしょうか。裏を返せば、彼らは自分の弱さも知っていたのです。

森永　経済的には、今、日本と韓国で同じようなことが起こっているのです。でも、民衆や労働者の行動はずいぶん、違います。韓国ではリストラやアメリカの振る舞いに抗議して、デモを組織し、火炎瓶を投げ、星条旗を破る。でも日本では、沖縄で米兵がらみの事件が起こったときでさえ、本土は「静か」です。おっしゃるように〝誇りの喪失〟を感じますね。私は、時の権力者がジワジワと国民を無知にしてきた結果がこれだと思っています。

「西洋思想」を吹き込む一方で、基本的な教育を怠った。例えば、私は「左翼」なので天皇制ウンヌンのくだりには疑問を覚えるのですが（笑）、修身の教科書には、人としてどう生きるかという道が説かれていて、それらは極めて正しいのですよ。

浅田　僕がとりわけ欠けているなと感じるのは、歴史教育。特に日本人が、近代史についてあまりにも無知であることに危惧を抱くのですよ。これには、学校が受験予備校化したことも一役買っている。カリキュラムに沿って授業を進めると、必ず維新直後、条約改正あたりで〝時間切れ〟になり、「後は教科書を読んでおけ」（笑）。なぜか、大学受験にも、これ以降の問題は出ない仕組みになっているのです。でも、われわれがなぜ歴史を学ぶかといったら、自分が今暮らしている社会の座標軸を確認するためでしょう？　だったら、一番知らなければいけないのは、過去一〇〇年の歴史ですよ。

――　維新という新時代を描かれた浅田さんからみて、今はどのような時代に映りますか。

浅田　悪いけど、弱っちいね。時代というより、僕らの世代のことですが（笑）。僕は今五十一歳なのですが、まさにリストラの餌食にされて、ここ数年最も多くの犠牲者を出している年代なのですね。実はこれまでは、恵まれた世代だったのです。物心ついたときにはすでに焦土はなく、世界に冠たる日本の高度成長に自らを重ねるように、大きくなれた。就職も楽々。つまりは温室育ちだったのです。だから、弱っちい。

日本はいつの間にか「世界に冠たる自殺大国」になってしまったのだけれど、生きながらえるというのは動物の本能であって、自ら命を絶つというのは意志力、生命力の問題ですよね。こういう人間の本質的なものを欠いた世代が、少しのことで参ってしまう。

森永　私は、浅田さんよりちょっとだけ上の（笑）、団塊の世代に文句があります。僕らが子供の頃、彼らはカッコよかった。安田講堂に立てこもり、火炎瓶を投げ……その彼らが、まったく萎縮してしまっている。それこそいい意味の改革者だと思っていたのに、小泉さんに国の未来を丸投げしてるのですから（笑）。私は沖縄に移住して、小さいながらも金の亡者を排除した国をつくろうと思っています。計画では、あと四〜五年。

浅田　そりゃあすごいね。僕らの世代には、そういう率先垂範ができないのですよ。いつも「お兄ちゃんたち」の後をくっついて歩いていたわけで。この兄貴たちも烏合の衆だったことは、後になってわかった（笑）。

「敗者の美学」を残したい

森永　今回の浅田さんの作品で一番感動するのは、そこに滔々と流れている「敗者の美学」ですね。夢破れて、やむなく新たな旅立ちを強いられる武士たちがみな美しく、自らを重ね合わせるとき不覚にも涙してしまう。これは日本人の感性そのものですよ。アメリカでは、負けたら「敗残者」以外の何者でもなくなってしまうのです。

浅田　川端康成がノーベル文学賞を受賞した折に「美しい日本の私」と題して講演しました。昔読んだときは、何を言ってるのかさっぱりわからなかったが、その言わんとするところが、今しみじみわかります。日本の生活習慣、自然の美しさは誇るべきものだし、そこに日本人の魂がたしかに宿っているのですよ。本来、とってもいい国なんです。昨今は、奈良や京都に行ったことのない高校生が、平気で海外に修学旅行に行きますね。見聞を広めるのはいいことですが、その前に日本という国を知らないといけない。難しい思想云々のナショナリズムではなくて、ごく当然のこととして日本という国を教え、日本人としての自覚を育んでいくことが、今必要なのではないでしょうか。

森永　経済アナリストとして言わせていただければ、このままではとんでもない不況に襲われる可能性が高い。財政や金融を緩和すべき局面なのに、反対にそれを締めようとしているのですから。その結果、八〜九割の人は「負け組」に転落です。でも、例えば賃金が今の半分になったとしてもイタリア並みなのですね(笑)。

だからそこから無理に這い上がろう、ましてや悲観して死を選ぼうなどと考えずに、「まあいいか」と割り切ることですね。アルゼンチン人だってイタリア人だって、自分の国がどういう状況なのかは理解しています。でも、とりあえずそれを背負った上で〝歌って、踊って、恋をしようよ〟(笑)。この気持ちの持ち方が、実は人生を大きく左右するんです。江戸の庶民も、三十年先の年金が確定しているかなどということを気にして暮らしていたわけではない。それでも今よりは人生を謳歌していたのだと思いますよ。

浅田　考えてみれば、景気のいいときも、派手に金を使って遊んだなどというのはごく一握りで、日本人はもっと稼ごうとあくせく働いたわけですね。不況で自分を取り戻せるとしたら、それも良しとしますか。

初出　「リストラの世に、凜と生きる　『五郎治殿御始末』は同時代人である」
（『中央公論』03・2）

武士道と愛国心について

李登輝

り　とうき
一九二三年、台湾台北県生まれ。
政治家、元台湾総統。
著書に『「武士道」解題』『台湾の主張』など。

五千円札で復権した新渡戸稲造

浅田　李総統の『「武士道」解題』（小学館）を読んで、久しぶりに新渡戸稲造先生の『武士道』も読み返してみました。

実は私、この本を、小さいときから何度も繰り返し読んでいるんです。というのも、私が通った小学校の創設者というのが、新渡戸先生でした。戦後は東京文化学園と改称しましたが、新渡戸先生の頃は女子経済専門学校といいました。そこの小学部に私は通っていた。教室には新渡戸先生の写真が飾ってあって、毎朝それに頭を下げていたのです。

ですから、五千円札の肖像が新渡戸先生になったときは嬉しかったですね。日本国民のほとんどが新渡戸先生のことを忘れてしまっていたのが、再認識された。この十一月から樋口一葉に替わってしまうのが残念ですね。

李　そうですか。昔の立派な人たちのことを、きちんと知るのは非常に大切だ。

日本には立派な人がたくさんいたのに、みんな忘れられてしまったからね。例えば、戦前、台湾に大灌漑用水を建設した八田與一《はったよいち》さん。台湾でこんなに米がとれるようになったのは八田さんのおかげ。今でも台湾人はみんな八田さんに感謝しているよ。ところが、日本では、彼の出身地である金沢でさえ誰も知らない。
　これは日本だけではなく、世界的にそうですね。一九世紀の後半に台湾に来て、キリスト教を布教し、台湾最初の近代的病院を建設したカナダのマカイ博士。彼は本当に立派な人物でしたよ。ところが、彼の出身地であるカナダのオックスフォードシティに行ったら、カナダ人は誰も知らないんだ。
浅田　今でも台北には馬偕《マカイ》病院がありますね。
李　はい。日本人についていうと、台湾に関係のあった人だけでも、新渡戸先生や八田さんのほか、台湾総督の児玉源太郎大将、明石元二郎大将、それから民政局長の後藤新平など、立派な人はいくらでもいる。
浅田　彼ら明治人というのは、非常にパワフルですね。
李　本当にパワフル。最近、驚いたのは〝平民宰相〟原敬《たかし》先生の素晴らしさですよ。彼の波瀾万丈の一生には、「人間とは何ぞや」という問題のすべてが入っている。
　戊辰戦争で賊軍になった岩手南部藩の家老の子に生まれ、刻苦勉励して司法省法学校に入るが、堕落した薩長の学校幹部に反発して放校処分を受ける。そこで新聞記者になり、藩閥政府と戦うんだ。しかし、当時の政府は大らかだったのか、逆にその見識が認められて外務省に入る。その後、政界に出て、紆余曲折の末、総理にまでなる道筋は、映画なんかよりずっと面白かったよ。

浅田　私は新選組隊士の吉村貫一郎を題材にした『壬生義士伝』（文春文庫）という小説を書いたことがありますが、吉村も岩手南部藩の下級士族出身でした。それで、小説の中に少年時代の原敬を登場させています。おかげさまで、映画にもなりました。

李　それは面白そうだね。映画といえば、最近、日本では韓国の映画やドラマが流行っているようだ。『シュリ』とか『シルミド』などの南北問題を扱ったものから、『チング《友へ》』『オールイン』といった暗黒街もの、それから『冬のソナタ』もあるなあ（笑）。これらが面白いのは人間のさまざまなファクターが全部ひっくるめて表現されているからでしょう。

　人間には理性もあるが、感情もある。個人としていかに生きていくかは大切なことだが、人間そのものが非常に社会的な存在でもある。そういう人間というものが、与えられた場所で、どうやって自分を表現していくか。そういう哲学的な問題をきちんと含んでいるんだ。

　また、温室育ちの人間にはたいしたことはできない。牢屋に入って、そこでしこたまいじめられて、それをバネに奮起したような人間のほうが強い。そういうファクターがあるから韓国映画は受けているのだと思う。

　でも、私に言わせれば、原先生の生涯は、まさにそういったファクターが全部入ったものじゃないかね。韓国映画を輸入して観ているのもいいが、こういった明治人の一生を映画にしたらどうだろうか。そのほうが、きっと面白いはずだ。

お祖父さんたちも恋をした

浅田　そういうパワフルで魅力ある明治人のことを、今の日本人は知りませんからね。日本は戦後教育のなかで、近代史、特に明治以降の歴史をきちんと教えなくなりました。これが一番いけないことだと私は考えています。

われわれは何のために歴史を学ぶのか。私は、自分がなぜこの場所でこうやって生きているのか、その座標を知るためだと思っています。ですから、自分に近い歴史ほど大切で、縄文時代や弥生時代のことは、まあ、それほど詳しく知らなくてもいいかもしれませんが、自分の父が生きた時代、祖父が生きた時代というのは、本人が生きていく上でとても大切で、これを学校教育で教えないというのは、とんでもない間違いではないかと思うのです。

李　同じことが台湾でも起きていますよ。むしろ台湾のほうが酷いかもしれない。

台湾の教育は、戦後ずっと、中国大陸からやって来た国民党、つまり台湾のことをまるで知らない中国人が牛耳ってきた。彼らは、台湾は中国の一地方というフィクションをあらゆる面で強制したから、学校で教える歴史というのは中国本土の歴史。これを三千年分やって、終わりだ。

台湾の歴史、特に戦前といえば、日本という悪いことばかりするやつがいた、というだけで終わりだ。

台湾人、つまりわれわれのお祖父さん、お祖母さんが何をしていたのかということについては、まったく空白のまま置き去りにされてきた。

ところが最近、台湾でも面白い映画が出てきたんですよ。『跳舞時代（ダンスの時代）』という、若い女性二人が中心となって作った記録映画で、一九三〇年代の台湾の風俗を非常によく表現している。あの頃の台湾は日本統治下で、コロムビア・レコードがいろんな流行歌を出していた。この映画は、それらの流行歌を通して台湾社会のようすを描いている。

これを観れば、お祖父さんやお祖母さんたちも、恋愛をして、デートして、ダンスやボート漕ぎなんかしていたことがよくわかる。結構楽しく遊んでいたんだな（笑）。私は、若い人たちがこの映画を観るよう、大いに奨励しているところです。

また、教科書を変えることも熱心にやっている。中国とはつながっていない台湾の歴史、地理、社会、文化……民謡やお伽話まで、十六冊も作りました。それを、今、台湾でやっている李登輝学校という志のある人たちの集まりで、大学生なんかにも読ませているのです。

浅田　それはとても大切なことですね。日本では、この百年の歴史を、どうしてもマイナスのものとして見てしまうところがある。それで、教育の現場では先生たちは、いろいろ議論があって教えにくいから教えない、というふうになっています。しかし、歴史とはそういうものではない。

　歴史の教育とは、正邪やプラス・マイナスを教えるものではなく、客観的事実の積み重ねが大切なのです。それを知った上で、あとは自分で判断すればいい。

李　過去はすでに過ぎたことであり、修正したり変えたりできないものですからね。変えられるのは将来だけだ。そのために、過去は過去としてきちんと見ていかなくてはならない。

武士道の「義理」に助けられた

浅田　最近やっと、日本でも、過去をきちんと見つめようという気運が出てきました。その流れのなかで、武士道に関する本もずいぶん出版されています。
　新渡戸先生の『武士道』というのは、本当に名著だと思うのですが、そのよさを私なりに解釈すると、非常に実践的で、オールマイティ。世界中の誰が読んでも、生きるヒントが得られるように書かれていると思います。
李　それは、新渡戸先生が、外国人に向けて、この本を書かれたことにも理由があると思う。武士道という言葉に集約される日本の道徳体系は、それまで成文化されたものがなかった。

だから、外国人から見ると、明治の日本人たちが一体どういった道徳を持っているのか、皆目わからなかったんだ。

新渡戸先生はたいへんな国際人で、アメリカの大学で教えたり、最後は国際連盟の事務局次長を務めたりされたけど、そういった経験のなかで、日本人も立派な道徳体系を持っているということを外国人に知らせたいと考え、それで英語で書き上げたのが『武士道』だ。

出版された当時、アメリカのセオドア・ルーズベルト大統領が、この本に感激して、たくさん買ってあちこちに配ったという有名な話があります。日露戦争で、アメリカが講和の仲介役を買って出たのも、その影響だ。最近出た『ラスト・サムライ』という映画も、武士道という日本人の精神が、東と西にまたがって、世界中どこの国の人にもよく理解されることを表しているよ。

浅田　実践的という部分では、私自身、『武士道』に助けられたことがあります。

私は生まれ育った環境がちょっと複雑でして、両親が離婚して、それぞれ所帯を持ち、私は親類に育てられました。やがて、私も成人して所帯を持った。すると、実の父母のほかに、彼らが再婚した相手が義理の父母としていて、さらに妻の母も私たち夫婦と同居していましたから、私には父母がほかの人よりもたくさんいるんですね。

そして中年にさしかかった頃、老いたこの人たちの面倒をみなくてはならなくなって、途端に大きな負担がかかってきた。

やっぱり、納得はできないんですよ。あまり縁のない実の父母、さらに縁のないその連れ合い、女房の親……そういう人たちの面倒をどうして私がみなくてはいけないのか。

そのとき、ふと、『武士道』の「第三章　義」を思い出したのです。ここには「義理」ということについて書かれていました。

「すなわち我々の行為、例えば親に対する行為において、唯一の動機は愛であるべきであるが、それの欠けたる場合、孝を命ずるためには何か他の権威がなければならぬ。そこで人々はこの権威を義理において構成したのである。彼らが義理の権威を形成したことは極めて正当である。何となればもし愛が徳行を刺激するほど強烈に働かない場合には、人は知性に助けを求めねばならない。すなわち人の理性を動かして、義《ただ》しく行為する必要を知らしめねばならない」

まさに、私は父母に対して愛情を持つことができなかった。しかし、愛情がなくても孝行はしなくてはならない、それが道徳というものではないか、という気持ちもあり、その板ばさみで苦しんでいたのです。

この、「義理の孝」を思い出したおかげで、やはり私は社会人として彼らの面倒をみなければならない、と考えることができた。そう思えたとき、私は心から、新渡戸先生に感謝しました。

李　浅田さんも苦労しましたね。

誰にでも有効なヒントがあるというのは、新渡戸先生自身が一人の人間として、非常に多面的だったこともあるんじゃないか。

新渡戸先生も、原先生と同じく、岩手南部藩の上級武士の子として生まれ、儒教的な教育をしっかりと受けてきた、いわば、非常に日本人的な日本人だ。しかし、一方で、アメリカで高等教育を受け、奥さんもアメリカ人で、新渡戸先生自身も敬虔なクリスチャンになった。

そういう環境にあるからこそ、外国人に武士道を伝えるという、二重にも三重にもこんがらがった仕事を成し遂げることができたのではないか。

これは、非常に難しいんだよ。私は李登輝学校で「国家領導」について講義をしているが、国家を指導した経験があるのは私しかいないんだ。勢い、私の経験ばかりを話すことになるけど、それを聞いて、ほかの人が、「なるほどそうか」と理解できるか。やはり人間は、自分の経験と照らし合わせながらでしか理解できないこともある。

新渡戸先生は、日本人でありながら国際人として外国の人の気持ちも理解し、儒教に精通していながらクリスチャンであるという、ご本人の多面性を、十分に、この本のなかで生かしていると思うな。

儒教にはない「死」と「誠」

浅田　私は、日本人は『武士道』を通じて、わかりやすい形で儒教というものを見ているようにも思うのです。儒教というのは、ある意味で士大夫、つまり知識階級、指導的立場にいる人の学問であると思います。だから、一般的ではない。それを、一般庶民にも理解できるように、実践できるように解説したものが『武士道』であるという読み方もできます。

戦後、儒教的なものを教育から排除した結果、日本の社会はおかしなことになってしまった。だからといって、いきなり「子曰く」の『論語』ではわかりにくい。そんなとき、『武士道』というのは、非常にありがたい本ではないかと感じています。

李　浅田さんのいうとおりだ。台湾でも先ごろ家庭教育法というものができて、家庭から教育のあり方を見直していくということがスタートしました。ところが、日本には『武士道』があるが、我々台湾には、それに相当するものがない。台湾独自の道徳的体系をいかにして作るかというのが、われわれの大きな課題だ。

それから、武士道のベースに儒教的なものがあるのはたしかだが、儒教の教え、つまり孔子さんが決していわなかった大切なことが二つ、武士道にはあるんだよ。

まず、「死」だ。儒教には、人間が死ぬということが出てこない。ところが、武士道は、『葉隠』にしてもそうだが、「武士道というは死ぬこととみつけたり」ではじまるでしょう。まず、「死」を認識して、そこから戻って生をどう考えるかに到る。

これはキリスト教の精神と同じだ。イエスが十字架の上で殺されて、三日目に復活する。「死」と「復活」が基本にあって、いかに生きるかを教えていく。

次に、「誠」だ。これは日本の武士道以外、どこにもないものだ。「誠」とは何かというと、我々が考えたり、喋ったりしたことを、必ず実行するということになるだろう。

この「死」と「誠」が、儒教しか知らない中国人社会には存在しない。だから、現世利益、目の前の利益ばかり追いかけて汲々としている。そして、中国人は嘘をいうのが当たり前だ。

私たち台湾人は、戦後ずっと、こういった、まったくおかしい中国人の行動原理を経験してきたんです。

浅田　同じ儒教でも、王陽明あたりは、「知行合一」といっていますが、これは中国社会ではあまり実践されなかったのですか。

李　中国人のなかでも軍人、例えば蔣介石あたりは王陽明を高く評価しているな。これは、『論語』のいっていることにあまりに実効性がないから、実践というものを重視した結果でしょう。

しかし、本当に心のなかで考えたことと行動とを一致させるところまで考えているのかどうか、私にはわからない。

浅田　私も王陽明については複雑な気持ちを持っています。

私は若いときから小説家になりたかったんですが、なかなかうまくいかなかった。やっとデビューできたのは四十歳で、それまでの二十代、三十代というのは、一円にもならない小説を書いていたわけです。

そんなとき、王陽明を読んだのですが、こういう立場の人間が読むと、つらいんですよ。自分の理想が一向に実現できない、「知行合一」できない状況が続くわけですから。

ですから、陽明学というのは、すごく恵まれた人の学問ではないか、という気がするのです。

李　「知行合一」なんて、暇な人間が言うことであって（笑）、本当に生きていく人には、あんまり役に立たないでしょうね。

主人としての責任

浅田　李総統は、近頃の日本人を見ていて、どう思われますか。

李　つい最近、金沢から小学六年生が二十人、青年会議所のメンバーと一緒にやって来て、一時間半ほどお喋りをしたばかりなんだ。

子供たちは、私へのお土産に、それぞれが「私の夢」という作文を書いて持ってきてくれた。それを読んでみたら、とても面白かったよ。浅田さんのいわれる戦後教育のなかかもしれないけど、非常にすくすく育った子供たちだから、素直で可愛いんだな。「私は看護婦になりたい」とか、「動物が好きだから、獣医になって動物を助けたい」とかね。これは、これでいいことだと思う。

しかし、総理大臣になりたいとか、官僚になりたいというのが一つもない。非常に堅実な考えを持っているのはいいけれど、頭のなかから、国家とか、そういったものがすっぽり抜けているね。ノーベル賞をもらいたいとか、お金を稼いでお母さんに楽をさせてあげたいとか、それ自体は非常に可愛いし、無理のない考え方だけど、みんな自分のことばかりで、社会や国家との間で何かしたいというのがゼロというのは、少しさびしい気がするな。

浅田　子供だけでなく、われわれ日本人全体として、国家意識が非常に薄い国民ではありますね。

李　日本のある大学がよく台湾で学生の研修会を開いていて、私のところにも来て、対話をしたことがある。そのとき学生たちは、「能力のある個人が一生懸命やればそれで十分ではないか」というようなことをいうんだな。そこで私は、「それはそれでいいことだ。しかし、もっと大切なものはないのか。例えば、あなたが持っている旅券、それはどこの旅券だ。日本という国があなたに旅券を発行してくれるおかげで、あなたは世界中どこへも行けるし、行けば日本人として尊重される。個人が一所懸命やることができるのも、国がそれを保証しているからだ。それを、自分さえよければ、国のことを考えなくてもいいというのは、通らないんじゃないか」ということを、ちょっといいました。

浅田　そもそも、愛国心という言葉が日本では完全に死語になっています。私にしても、愛国とか愛国心という言葉を使うとき、それがかつての軍国主義を連想させるだけの言葉のような気がして、何となく、パトリオティズムとかナショナリズムと言い換えたりしている。

でも、それはおかしいことだという自覚もあるのです。

李　国に対するアイデンティティ、台湾では「認同」といいますが、これをいかに高めるかというのは、台湾でも切実なテーマです。台湾に生まれ、台湾に住み、台湾の米を食べて暮らしているのに、自分がどこの国の人間かわからないのでは困る。自分たちは台湾人だ、だから台湾を愛し、台湾のために努力しようという気持ちを持つこと、それがアイデンティティの確立だ。

なぜ、アイデンティティを持つことが難しいのか。これについては、『聖書』の「出エジプト記」にいいことが書いてある。

モーゼはイスラエルの民を率いてエジプトから脱出したが、そのあとシナイ半島で非常に苦しい生活に見舞われる。すると、イスラエルの民の間から、こんなに苦しい思いをするなら、昔の奴隷の生活に戻ったほうがましだ、という考えが出てきました。

つまり、主人になったことがない人は、主人には主人としての責任、やるべきことがあるのを知らない。だから、奴隷でなくなれば楽になるとしか思いません。しかし、自由になれば、それにともなう義務、苦労もあることを聖書は教えている。

台湾も、長い間、外来政権によって支配され、台湾人による台湾のための政府というものを持ったことがありません。国民政府というのも、中国大陸の政権でしかない。

そういう政権の下、台湾人は奴隷的というか、他人のいいなりになった生活しかできなかった。かつて司馬遼太郎さんとの対談で私が、「台湾人に生まれた悲哀」といったのはそのことです。他人のためにしか生きられないというのは、個人が生きていないということで、ここから抜け出したいとみんな願ってきた。

しかし、そこから抜け出すと、今度は別の苦労が待っている。それをきちんと引き受けることができるには、主人としての責任に目覚めなくてはならない。それを支えるのが、台湾人としてのアイデンティティです。

国家のために何かするということは、国の主人であることにともなう義務。個人主義だといってそれを放棄することは、実は奴隷的な道を選んでいることになる。日本も台湾も、同じテーマに直面しているね。

明治人のパワーに学べ

浅田　李総統は、明治人の一生を映画にしたらどうかといわれましたが、たしかに明治人というのは、今の目から見るとスーパーマンですね。一つのことをやるのにもたいへんなのに、何であれだけいろんなことができたのだろうかと不思議になります。

新渡戸先生にしても、農学者であり、法学者であり、教育者でありました。また、外交面でも大いに活躍した。森鷗外も、医者であり、軍人であり、さらに小説家であった。

それが国を作り上げていくときのパワーなのでしょうが、今の日本人にはそのパワーがまったく欠けています。

李　彼らはキャパシティが大きいんだね。ものごとを容認する力が。

これも、戦前と戦後の教育法の違いからきているんじゃないか。今の教育は、早いうちから細かい専門的なことを教えるけど、そんな無理をさせるからキャパシティが小さくなる。

戦前のエリート教育を見ると、まず、普遍的な教養を重視して、一人の人間としていかにあるべきかを教えています。

もう少し遡って、明治以前に教育を受けた人ならなおさら、大きなキャパシティを持っていた。たとえば坂本龍馬。

私が台湾の政治改革をどうやってやろうか悩んでいたとき、たまたま日本の出版社の人が、坂本龍馬の「船中八策」を教えてくれた。幕府が倒れたあとの新しい国のあり方をどうするか、龍馬は実に大きな構想を示していたね。私が何をやるべきかを教えてくれた気がして、たいへん役に立ったよ。

浅田　たしかに、江戸時代の寺子屋や藩校の教育は、非常にすぐれていたと思います。

それは、学問を教えるというより、学問の基礎になる道徳を教えたからではないでしょうか。大きな学問というのは、道徳の上でなければ咲かないと思うのです。

李　そのとおり。それから、一つの失敗でその人を評価するようなこともやめたほうがいい。新渡戸先生も、最初は札幌農学校で勉強し、卒業後、東大に入ったけど中退した。それからアメリカでも学問をしたけど、どれも、勉強とか学業といった狭い意味では、成功したとはいいがたい。しかし、その流転のなかから、彼の考えや思想といったものが生み出されていったのですよ。明治という近代化の過程では、そういったことが許されていたから、偉大な人物も生まれた。日本は今、再び新しい時代、新しい国家像を作ろうとしていますね。憲法も変え、教育基本法も変えて、全体的な制度、構造を改変していこうとしている。

新渡戸先生の『武士道』はもとより、その生き方そのものも、大きなサジェスチョンをしてくれていると思うね。

浅田　『武士道』はもともと英語で書かれていますから、われわれが読むのは翻訳で、いろんな翻訳がありますが、私は、やはり矢内原忠雄さんの翻訳が一番ぴったりくると思います。

李　矢内原さんは新渡戸先生に直接教わっていますから、その精神が直接伝わっているような気がするものね。

浅田　新しい翻訳は、若い人には読みやすいだろうけど、どうもピンとこない。矢内原訳は文語調で、素養のない今の若い人にはきついかもしれないけれど、ぜひトライしてもらいたいですね。

初出　「武士道と愛国心について」（『文藝春秋』04・11）

こんな言葉に支えられて生きてきた

山本一力

やまもと　いちりき
一九四八年、高知県生まれ。
作家。数々の職業を経て、『あかね空』で直木賞受賞。
著書に『夢曳き船』『おたふく』『男の背骨』『ほかげ橋夕景』『ジョン・マン』など。

相似形の生い立ち

山本　浅田さんは江戸っ子で私は高知の生まれですが、意外と共通性があるように思うんです。

浅田　ありますか。まあ、お互いに莫大な借金を背負った経験があるというところはたしかに似ていますが（笑）。

山本　借金については必ずしも同じとは言えませんね。浅田さんの場合は過去形で語れるが、私は現在進行形ですから（笑）。ま、借金の話は後でじっくりするとして……。

浅田　あまりしたくないなあ（笑）。

山本　似通っていると思うのは生い立ちです。浅田さんはいい家に生まれ育ったと、何かで読みました。

浅田　たしかに子供の頃は経済的に豊かでしたね。戦後の闇商売が横行した時期に、親父は事業をやって大いに儲けたんです。戦後の混乱期は一種のバブル経済でしたから、親父はそれに乗ったわけでしょう。しかし、あまり苦労をしないで、そのときの情勢に乗っかるような形で入ってきたお金というのは、身につかないんでしょうね。親父は飲む打つ買うの揚げ句に、結局潰れてしまうんです。

山本　まったくそっくりです（笑）。私の親父も何をやったのか具体的には知りませんが、進駐軍相手の商売なんかで戦後に大儲けをしたクチなんです。高知界隈に相当不動産を所有していたようだし、親父が持ってくるクシャクシャのお札にアイロンを当てるのが忙しかった、とおふくろから聞いたことがあります。

もっとも、親父の羽振りがよかったというのは、話に聞くだけなんです。物心ついた頃はおふくろは親父と離婚していて、オンボロ長屋で貧乏暮らしをしていましたから。

浅田　山本さんが物心ついた頃というと……。

山本　私は昭和二十三年の生まれだから、二十七、八年でしょうね。親父はあっという間に大儲けをして、あっという間にスッテンテンになっちゃったわけです。

浅田　うちの親父は昭和三十四、五年頃まで持ったから、少しは長持ちしたほうなのかな（笑）。スッテンテンになったのは、やはり遊びですか。

山本　同じく飲む打つ買うですね。親父は博才がないんですよ。それなのに競輪競馬、特に競輪にはまった。

浅田　博打は何でもそうだが、ことに競輪ははまる人が多いようですね。競輪ができたのは戦後でしょう。自転車を走らせて賭けるなんて、世界に類のない発想ですよ。誰が考えたのかな。山本さんの父親もうちの親父もその競輪にはまった第一期生ですね（笑）。

山本　終戦直後といえば、汽車はいずれも超満員で移動が容易ではなかった時代です。そんなときに親父はおふくろを連れて競輪や競馬の開催地を転々と追っかけていく。だが、博才はないから負ける。「カネオクレ」と電報を打ってくる。そのたびに持っていた不動産が消えていく。これじゃスッテンテンにならないはずがない。

浅田　一時期、私は鏡を見るのがいやなことがありました。というのも、自分の顔がだんだん親父に似てくるんですよ。これはいやだったですね。

山本　というのは、父親に反発する気持ちがあったわけですね。

浅田　飲む打つ買う何でもござれで、やりたい放題の父を受け入れられるわけはないでしょう。しかし、反発に徹しきれないものがある。血には逆らえないというのかな。私も賭け事が好きで、今でもやっています。競馬が主ですが。祖父も博打好きで、これはわが家の血統に組み込まれた遺伝子ですね。もっとも、博打好き三代目ともなると博才も磨かれてきて、私はなかなか強いんです。スッテンテンになるような負け方はしません。

それでも負けるときがあるわけですよ。買った馬券が紙屑になってしまう。私は負けず嫌いなんですね。もう悔しくて悔しくて、この世の終わりかと思うほど悔しい（笑）。そんなとき、ふと親父を感じるんです。親父のことがわかったというのじゃないが、何かどうしようもなく懐かしいような切ないような……断ち切れないものを感じる。肉親ってそういうものじゃないですか。

山本　同感です。私の兄貴は親父を反面教師にして、それに徹する生き方をしました。だが、おっしゃるように血には逆らえないというのかな。私もそういう気持ちを拭いきれない。もっとも、浅田さんは父親の博打好きの面を受け継いだようだが、私はそれはありませんね。私が受け継いだのは女のほうです（笑）。だから、三回も結婚することになったわけです（笑）。

母親に言われたのは「卑しいことはするな」

浅田　すると、山本さんはお母さんが家計を支えられたわけですか。

山本　そうです。高知の花街の検番《けんばん》、芸者さんの取次所みたいなところですね、そこで帳場をやっていました。天井板がなくて、細い梁《はり》や垂木《たるき》が剝き出しになっているようなボロ長屋住まいで、赤貧洗うが如き暮らしでしたが、親父の羽振りがよかったときのことは話に聞くだけで、こっちは物心ついたときからそういう生活ですから、それが自然なわけです。だから、特に辛《つら》いとも思わなかったし、コンプレックスもなかったですね。学校から帰るとカバンを放り出して遊びに飛び出していく。屈託のない毎日でした。

一つには、おふくろが親父を恨んでいなかったことがよかったのかな、と思います。おふくろと親父は二十六歳も離れているんですよ。だが、おふくろは親父に惚れていたんですね。よく親父の話をしていました。子供を叱るときも親父を引き合いに出して、お父さんはこう言っていた、お父さんならこうした、といった具合でしたね。

浅田　そりゃ惚れていたんですよ。両親が惚れ合っているというのは、子供にとっては救いです。憎み合っていたら子供の心は切り裂かれて、行き場がなくなってしまう。

山本　おふくろにはいろいろ言われましたが、結局のところ、一つのことに集約されますね。それは「卑しいことはするな」です。

浅田　いい言葉だなあ。人間何が駄目といって、卑しいことほど駄目なものはない。卑しくなったら人間はお終いですよ。

山本　追い詰められると、人間はどうしても卑しいほうに流れますね。憎んだり恨んだり妬《ねた》んだりということにどうしてもなってしまう。私もこれまで何度もそういう場面に出くわしましたが、そこでなんとか踏み止《とど》まれたのは、あの言葉があったからです。

もっとも、「卑しいことはするな」という言葉どおりの生き方を完璧に貫けたかというと、偉そうなことは言えないな、という思いもあるのですが。

浅田　右に同じです（笑）。

山本　中学三年になって、生活が一変することになりました。検番が統合されることになって、おふくろが仕事を失うわけです。あの頃、おふくろは四十ちょっと手前といったところだったと思いますが、その年齢で子供を抱えた女が高知あたりで仕事を見つけるのは難しかったんですね。上京して、代々木八幡の新聞専売所に住み込みで働くことになったのです。

浅田　高知から都会に出るとなれば、大阪あたりが普通じゃないですか。思いっきり飛んだものですね。

山本　東京に叔父がいたからです。もっともその叔父を頼るとか厄介になるとかではなしに、誰も知らない所より、一人でも知っている人がいたほうがいい程度のことでしたがね。

従業員の賄いと集金がおふくろの仕事で私は配達です。おふくろと妹は一部屋与えられたが、私は蚕棚《かいこだな》のような畳一枚ぐらいの広さが寝床でした。朝刊を配達して学校に行き、戻ると夕刊の配達。夜は朝刊に折り込むチラシの準備。ボロ長屋住まいの貧乏暮らしでも屈託なく遊び歩いていた高知に比べて、これは生活の激変でした。

浅田　私も新聞配達をやりました。あれは重いんですよね。

山本　重い重い。私の受け持ち区域は代々木西原や大山あたりの住宅街でした。今なら配達はバイクか自転車だが、あの頃は徒歩なんですね。百部ぐらいを肩紐で吊ると、ずしりと重みがくる。それで全力疾走です。これを一日に二回、雨の日も風の日もやるわけだから鍛えられますよ。自分では鍛えるなどというつもりはまったくない。とにかくこれをやらなきゃ生活していけないからやっているわけだが、あの期間に養われた体力はその後の土台になりましたね。

浅田　若いときの鍛錬は一生の宝になりますよ。

山本　もう一つ、この時期のおかげで身についたものがあります。それは一つひとつ目の前のものを片づけていかなければ、前には進めないのだということですね。

一生新聞配達をやるつもりはないわけですよ。先のこと、将来のことをどうしても考える。だが、先に行き着くには、とにかく今目の前にある新聞配達の仕事を一つひとつ片づけていかないと、どうにもならないんですね。

代々木西原のちょっとした高台に立派な屋敷があって、そこだけポツンと離れた配達先なんですね。そこはほかに何紙も新聞を取っている。あるとき、そこにだけ配達するために坂道を上っていくのが面倒くさくなったんですね。ほかにも新聞を取っているんだから、一日ぐらいうちの新聞が入らなくても構わないだろうと、サボッて帰ってきてしまった。するると、専売所に戻った途端に電話が鳴った。配達されていないというわけです。それで、一部だけ抱えて代々木西原まで行って、坂道を上らなければならない羽目になる。横着したばっかりに、かえって手間がかかってしまう。そういうことを通して、目の前のものを一つひとつ片づけなければ前には進めないのだ、また目の前のものを片づけていけばおのずと前に進んでいくものなのだ、ということを体で覚えました。この体で覚えるというのは強いですよ。

浅田　だから今は、原稿の枡目《ますめ》を一つひとつ埋めて前に進んでいるわけですね（笑）。

山本　そうそう。

小説家になるというトラウマ

浅田　私は親父が倒産したのが小学三年のときでした。それで一家離散です。家族が散り散りになったまま、元に戻ることはありませんでしたね。私は一時期おふくろと暮らしたり、ちょっと親父に引き取られたり、親戚の世話になったり、という具合でした。

こういう環境だから、否《いや》も応もありません。どうしたって独りで生きていかなくちゃならない。高校に入ってからは完全に自活しました。その前から新聞配達をはじめいろいろな仕事をやってきたが、高校の頃は喫茶店のボーイが一番多かったかな。あれは時間的にゆとりもあるし、給料もまあまあだし、わりに効率のいい仕事だったんです。
山本　私が新聞配達をしていた時期も厳しいと言えば厳しかったが、それでもそばにおふくろがいましたからね。だが、浅田さんはそうじゃなかったわけでしょう。そこで自分を支えたものは何だったのですか。
浅田　自分は小説を書くんだ、小説家になるんだということでしょうね。
山本　そんなに早くから書くことを目指しておられたんですか。
浅田　ええ。そもそもは小学校時代です。私は悪たれで、おまけにおしゃべりなんですね。あることないこと、ペラペラとしゃべるのが得意だった。それで先生に言われたんです。敬虔なクリスチャンの先生だったが、「君は嘘つきだから小説家にでもなればいい」って。なるほどと妙に納得してしまったんですね。あれは私を支えたというよりトラウマになったんですね。
　それからもう一つ、中学でブラスバンドに入ったんです。
山本　私もブラスバンドをやっていましたよ。小太鼓です。
浅田　私はトロンボーン（笑）。そのブラスバンドにガチガチの文学少年の先輩がいましてね。この先輩に小説の面白さを手ほどきしてもらったんですが、私が「小説家になる」と言ったら、その先輩が「俺は小説家になれるが、おまえは絶対になれない」と言うわけです。

ほら、私は負けん気が強いですからね、何くそとなったんです。これもトラウマになりましたね。以来、小説家になることは私の目標として巣くってしまった感じです。

山本　私も本、特にポリティカルミステリーが好きで、読み倒すという感じで読んでいましたが、小説を書こうなどとは夢にも思わなかった。浅田さんは早かったんだ。

浅田　ところが、クリスチャンの先生もブラスバンドの先輩もその後間もなく死んでしまったんです。それだけに二人の言うことが遺言みたいに感じられたことも大きいですね。それにしても、相手が死んでしまっていないというのは切ないですね。自分がやったことに答えをもらうことができない。今でも二人のことは胸の片隅にあって、小説を書くことは返事をもらえない手紙を書いているような、そんな気持ちがどこかにありますね。

明日のことを思い患うな

山本　小説を書く。そういうものをしっかりと持っているのは、やはり強いですよ。早くからそういうものを持てたことは、浅田さんの幸運ですね。

浅田　そう思います。だから、高校の頃には原稿を書いて出版社に持ち込んでいました。相手にされないことも多かったが、河出書房が神保町にあった頃、読んでくれる親切な編集者がいましてね。もちろん、活字になんかなりゃしませんが、赤字を入れて返してくれるんです。

山本　それは励みになったでしょう。

浅田　嬉しかったですね。その編集者はもちろんリタイアしましたが、今でもご健在なんです。直木賞をもらったときに居所がわかりましてね。パーティーにお呼びしました。たぶん私のことなどお忘れだったと思いますが。

山本　向こうは忘れていても、こちらは受けた恩は忘れない。いい話です。

浅田　私は父とも母とも縁が薄い。こういうもんだと割り切るというか居直るというか、そんなつもりで一人で踏ん張っているつもりでも、目に見えないところで多くの人に支えられていたということですよ。

山本　そうですね。新聞配達をしていた頃、近くにペテル教会というのがありましてね。青山学院の先生が牧師で、奥さんがドイツ人なんです。そこで水曜の夜、バイブルクラスというのをやっていたんです。宗教的なものは何もないのですが、それに出ると、あとで奥さん手作りのパイが出るんですよ。それが食べたくて出るようになった。そこでバイブルのこんな言葉に出合ったんです。「明日のことは明日自身が思い患うであろう。今日の悩みは今日一日で十分である」。これを聞いてすごく気持ちが楽になりました。明日のことは思い患うな、子供だから自分勝手に解釈して、明日のことをくよくよ考えることはないんだ、明日は明日だと思ったら、すうっと肩の荷が下りたような気持ちになりました。

それとこれは社会人になってからですが、遠藤周作さんが『オール讀物』だったかに「狐狸庵《こりあん》閑話」を連載していたでしょう。そこに「トルコの格言に曰く」として、「明日やれることは今日やるな」というのが出ていたんです。

浅田　その言葉は私もなぜか覚えてますよ。

山本　この言葉も自分にピタッとはまりましてね。行き詰まったりすると「いや、これは明日できるんだ」と、都合良く使っています。この言葉に出合って良かったと思っています。

血のつながりの煩わしさ愛しさ

山本　浅田さんは高校を卒業すると、自衛隊に入られた。三島由紀夫の自決が動機だと伺いましたが。

浅田　そうです。三島が市ヶ谷の自衛隊に乗り込んで自決したのは昭和四十五年の十一月でした。私は三島が好きでしたからね、ショックである以上に、なぜああいうことをしたのか、謎でした。自分も小説書きを目指す以上、謎を謎のままにして避けては通れない。そんな気持ちで翌年三月に自衛隊に入りました。市ヶ谷の三十二連隊に二年間いました。

山本　謎は解けましたか。

浅田　それはいろいろとね。いずれ小説か何かの形で吐き出すことがあるでしょう。

山本　自衛隊といえば規則正しい生活でしょう。なんだか浅田さんには似合いそうもないが。

浅田　それは誤解ですよ。私はああいう生活が案外好きなんです。自衛隊の仕事といえば、さしずめ訓練につぐ訓練です。山本さんが新聞配達の仕事で鍛えられたのと同じような意味で、鍛えられました。私はもともと丈夫なほうだが、自衛隊の二年間で基礎体力の貯金ができたような感じです。若い頃にああいった訓練で鍛えておくのは、悪いことではありませんね。

山本　浅田さんはご両親との縁は薄いとおっしゃったが、薄いままですか。

浅田　そうですね。家族がバラバラになったまま、元に戻ることはなかったんですからね。だが、けっして疎遠ではありませんでした。親父は七十、おふくろは七十四で亡くなりましたが、晩年は結構仲が良かったですよ。

山本　行き来はあったわけですね。

浅田　ええ。離れて暮らしているから、ごくたまにですが、どこかで会って飯を食ったりするわけです。親父はね、「賭け事はいかん」などと結構説教するんですよ（笑）。どの面下《つら》げて言えた義理かと思うんだけれども、はいはいと承っている。それが親父の、愛なんて言うとちょっとそぐわないが、愛には違いないんでしょうね。

　あれはいつだったかな、おふくろと新宿で飯を食ったんです。それが終わって、路上で別れたわけです。で、ちょっと歩いて振り返ると、人込みの中におふくろの顔が見えた。それで、じゃあと手を挙げて、また歩きだした。家に帰り着いたら、途端に電話がかかってきましてね。おふくろからです。「男は一度別れたら、後ろを振り向くようなことをするもんじゃない」と叱られました。そうかと思って電話を切ってから、じゃあおふくろはどうしていたんだろうと思ったんです。おふくろは遠ざかっていく私の後ろ姿をずうっと見送っていたんじゃないか。そのことに気づいたら胸が熱くなりました。

山本　親というのはそういうもんですね。

浅田　縁は薄かったですが、いい両親でしたね。人生を支える言葉というと、あのときのおふくろの言葉を思い出します。

山本　人の子の親になってつくづく思うんですが、子供にとっていい親でありたいとは思っても、そうはいかないことがある。しかし、たとえ子供にとって悪い親にしかなれないような状態になっても、浅田さんのご両親のように子供には関わっていくべきですね。それは親として放棄してはならない最後の一線だと思うのです。

浅田　何か思い当たることがあるわけですね。

山本　私は結婚してもほかに女ができる、ということをやっていたわけです。それが原因で先の二回の結婚は失敗に終わったわけですが。

浅田　父親譲りですね（笑）。

山本　それでおふくろから説教されました。「おまえは小物だ。お父さんに比べて器が小さい」と。

浅田　どういうことですか。

山本　親父もよそに次々と女をつくったが、別れるときは持っているものを全部渡して、自分はスッカラカンになって、女から恨みを買うようなことは一度もなかった、とおふくろが言うわけです。ところが、おまえは何だ、と。女に渡すどころか、女のお金に頼ったり、生活の負担をかけたり、揚げ句は迷惑をかけて恨みを買うようなことばかりしている。親父に比べたらまるで小物だ、器が小さいというわけです。

これは考えてみると、矛盾だらけなんですね。そもそも親父が女にすべてを渡してスッカラカンになるようなことをしたから、家族は貧乏暮らしを余儀なくされているわけでね。だが、親父から一番迷惑を被ったおふくろが親父を恨んでいない。そのおふくろに言われるからグーの音《ね》も出ないわけです。

二十九歳で借金一億円

山本　自衛隊を辞められてから、浅田さんは職を転々とされたようですね。四十回も替わったとか。
浅田　そういう伝説を誰がつくってばら撒いたのかなあ。
山本　伝説ですか。
浅田　仕事は替わりましたよ。だが、それは私が飽きっぽいとか長続きしないとかではないんです。勤めた会社が潰れてしまうんだから、どうしようもない。会社が倒産して次の就職までにつなぎでアルバイトをしたり、そういうのを含めても四十回は大げさです。そもそも私は「くすぶり」なんですよ。
山本　くすぶり？
浅田　そういう言い方があるようなんですね。よくおふくろなんかに言われました。私が入社すると会社が潰れる。喫茶店に入るとサーッと客が引いてしまう。作家になってからも、私の連載が決まって休刊廃刊になった雑誌が十誌はあります。そういう疫病神みたいな星を持っているのかもしれない。それを「くすぶり」というらしい。

それはともかく、私は好奇心が旺盛なんです。給料が遅れたりすると、これはやばいとばかり、沈む船から逃げだす鼠みたいにみな辞めていく。それが普通でしょ。ところが私は、最後がどうなるのか見届けたくなるんですね。結局社長と私だけになって倒産になる。

山本　それは勉強になりましたね。小説を書く上での何よりの財産ですよ。

浅田　倒産に至る人間模様は、すべてが剝き出しになりますからね。だが、それも今になって言えることで、そのときはそれどころじゃありません。すると、最後まで頑張った、見どころのあるやつだと思うんでしょうね。先に辞めて別の会社をつくった人から声が掛かったりする。だが、潰れる気配に会社から逃げ出したような人が始めた会社なんて、ろくなものはないんですね。また潰れる。その繰り返しみたいな感じで会社はいくつか替わった。メーカー、卸、小売りといろいろあった。でも私の仕事は一貫しているんです。ずうっと婦人服の畑だった。

それで、二十五歳で自分の会社をつくったんです。やはり婦人服です。ところが、二十九歳のときにこの会社を潰してしまうんです。この倒産は納得いかなかったなあ。

山本　というと？

浅田　親父は何日も家を空けて遊び歩いて、たまに帰ってくるときは芸者連れです。そんな暮らしぶりでしたから、どんな経営をしていたかも知れるというものです。会社が潰れて不思議はない。だが、私は真面目に、一所懸命に経営したんですよ。それでも潰れてしまった。これはどうしても釈然としませんね（笑）。

今になればわかるんです。最近もあちこちで倒産していますが、経営者はこれは倒れるしかないということはわかるはずなんです。だが、その渦中にいると、どうしてもそうは思えなくて、悪あがきしてしまうんですね。私も先付けの小切手を振ったり手形を振り回したりしました。それがグチャグチャに回って、わけのわからない負債に膨らんで戻ってくる。

山本　倒産したとき、負債はどれぐらいだったんですか。

浅田　ざっと一億円です。

山本　まだ二十九歳で負債一億円ですか。これは厳しい。

浅田　自分でももうダメだと思いました。もし、これが一千万円だったら首を吊っていたでしょうね。だが、一億円なんて途方もないお金は見たことも聞いたこともないし、実感が持てない。それとね、現金をドーンと目の前に積んでの貸し借りなら身に沁みるのでしょうが、負債のほとんどは買い掛けの類《たぐい》ですからね。こういうのはどうしても実感が薄くなりますね。

それと、まだ三十になるかならない年に、一生を終いにしたら悔しいという気持ちがありました。なんとしてももう一回旗を立てないと、と。

山本　その「悔しい」というのは、生きていく上で、絶対に大事な感覚ですね。悔しさがあれば立ち向かいますよ。俺が悪いわけじゃないよと自分を慰めてしまったら、いくらでも甘くなりますからね。だから、悔しさは大事ですね。

借金についてのあれこれ

山本　しかし、返済はどうしました？

浅田　大半は、借金はなかったということにしてしまったんです。自分でね（笑）。借金って、なかったということになるんですよ。もっとも、個人から借りたものはそうはいきません。だが、商品の買い掛けといった種類の借金は、大体なかったことになりますね（笑）。向こうが儲かっているなら、損金として計上して落とせばいいんだから。

山本　勉強になります（笑）。

浅田　それで三十四歳のときに私は不死鳥の如く蘇って、また会社をつくるんです。同じ婦人服の会社です。この間手形を飛ばしたやつが、また同じ商売に復帰する。それができる業界でもあるし、またそれが業界のバイタリティーでもあるんでしょうね、婦人服の業界というのは。

山本　業界のバイタリティーもさることながら、同じ商売で復活するんだから、浅田さんのバイタリティーも大変なものですよ。でも、その会社は……。

浅田　今でもやっています。

山本　作家と社長業の二足の草鞋《わらじ》ですか。すごいですねえ。

浅田　二足の草鞋でも人任せじゃありませんよ。毎週一回は顔を出すし、棚卸しも毎月やっています。私は帳面は全部自分で見る主義なんです。

山本　それで小説はいいものを次々と書いておられる。そのバイタリティーがあるから、業界も復活を受け入れたんでしょう。すごいと言うほかはない。

浅田　山本さんも大変な借金を負っておられると聞きます。私の例が少しでも参考になればいいんだが。

山本　いや、全然参考にはなりませんね（笑）。私の場合はすべて自分の至らなさからつくった借金で、それも銀行や会社からなら、浅田さんのようになかったことにできるでしょうが（笑）、すべて個人の善意に頼ったものですからね。真正面から引き受けていくほかはないのです。

浅田　額はいかほどですか。

山本　二億数千万円ですね。

浅田　私なんか足元にも及ばない大物だ。

山本　借金の大物では自慢にはなりませんがね（笑）。

浅田　どういういきさつだったんですか。よかったら聞かせてください。

山本　これまでに書いていることだから、隠す必要はありません。私が小説を書くことになったいきさつも、借金の話抜きには語れないことですしね。

何よりも優先するのは道義

山本　私も浅田さん同様、いくつかの会社を替わりました。トランシーバーのメーカーとか旅行会社とかね。そして、行き着いたのは販売促進のセールスです。クライアントにプレゼンテーションして注文を受け、それを形にして納めて完結する。この販売促進の仕事が、私は本当に好きでしたね。これを一生の仕事にしていこうと思っていたし、また、実績を上げて自信も持っていた。だが、それが逆に落とし穴になったのだということも、今になってみればわかることです。

ところで、私は三度目の結婚をしました。それが今の家内ですが、家内の実家は銀座のみゆき通りと昭和通りの角の酒屋で、結構繁盛していたようです。だが義父が亡くなって、遺産相続で揉めたんです。土地は五十坪ほどだが、バブルの最盛期には坪一億五〇〇〇万円の値がつきましたからね。義父が亡くなれば、残されたのは義母と子供で、義父の姉妹たちから見れば他人に取られる感じだったんでしょう。で、トラブルになったわけです。

浅田　銀座に五十坪か。トラブルになる典型的なパターンですね。

山本　あのとき、みんなが素直になって、お金が欲しいんだとさらけ出せばよかったのかもしれない。土地を売って分ければいいんですから。だが、そこを隠してあれこれ言うからこじれるんですね。義父はあの土地でずうっと酒屋商売をしていくのが願いだったんです。女房は父親のこの願いをバッチリ受け止めて、商売が続けられるようにしたい。どうするかです。ビルを建ててテナントを入れ、酒屋を続けていくという方向になった。一方、遺産相続のほうは義父の姉妹たちに十七億円支払うということで決着しました。

浅田　十七億円！　そんなお金、あるんですか。

山本　ありませんよ。銀行から借りるほかはありません。その上にビルの建築費も借りる。すると計算すれば、坪七万円から八万円のテナント料を取らないと、借金が返せないんです。

そんな家賃を払って成り立つ商売はそうそうはありませんよ。ところが、バブルは終わりかけている時期だったが、計画を出したら、銀行が貸してくれるというんですね。

そこで建ったビルを利用してテナント料以外でも、壁面に大型ビジョンを設置し、その広告料で稼ごうと思いました。これは私のアイデアです。今になれば、どうしてあんなに急いだのかと思うのですが、そのための制作会社をつくるんです。借金して機材を揃えてね。しかし、いくらセールスをかけても、まだビルの建築計画が本決まりになっていないのに、契約が取れるわけがありません。そのうちに一度は貸すと言っていた銀行の話が駄目になって、ビル建築も迷走し始める。

浅田　銀行ってのは自分の都合で平気で掌を返しますからね。

山本　そこでまた、さらに悪い方向に突っ込んでいくんです。何もしないではいられないから、制作会社の借金を少しでも減らそうと、ビデオ制作を考えるんです。文芸物を制作して公共機関などへの売り込みを考えました。冷静なら、そんなもの売れないのはすぐにわかるんですが、頭は先へ先へと突っ走っちゃうんですね。放送レベルの機材を揃えるためにまた借金して文芸物を制作したが、案の定在庫の山です。あのへんの頭の働き具合はどうなっていたのか、自分でもわからない。

浅田　私も誰が見ても倒れるとわかっているのに手形を飛ばしたクチだから、そのへんはよくわかりますよ。

山本　あれやこれやがあって、二億数千万円の借金というわけです。

浅田　どうです？　そういう額がドーンと出てくると、釈然としないでしょう（笑）。

山本　いや、釈然としています（笑）。全部自分の至らなさから出たことで、私の責任です。それも個人的なつながりで好意や善意にすがった借金ですからね。真っ正面から受け止めて、引き受けていくほかはない。

浅田　自己破産は考えなかった？

山本　それを勧めてくれる人がいました。しかし、自己破産して法的な責任は免れたとしても、誰が納得しますか。これで身ぎれいになってゼロから再出発します、かけた迷惑は必ず立ち直って償いますと言っても、債権者は「勝手に償え」と内心で舌打ちするだけでしょう。私は人間として何よりも優先するのは道義的責任だと思うんです。そこに法的なものを優先させて、法的な形をつけて、それでよしとするのは、卑しいことですよ。おふくろが「卑しいことはするな」と教えたのは、まさにそのことだと思うんです。だから、自己破産は選択しませんでした。

それにしても、借金というのは人生最大の勉強の場かもしれませんね。本当に勉強になりました。例えば、私が借金を申し込んだとき、「それぐらいのお金はあるが、貸さない。貸せば、あんたの借金を増やして、苦しませることになるからだ」と言った人が何人かいました。そのときは、お金があるならいろいろ理屈を言わないで貸せばいいじゃないか、と恨めしく思ったものです。だが、今になれば、本当に私のためを思っていてくれたのだとわかります。感謝せずにはいられませんね。

借金返済のため作家になる決意

浅田　とはいっても、二億円を超えるお金ですよ。返済しようにも方法がないんじゃないですか。

山本　そこで小説を書こうと思ったわけです。作家になろう、と。

浅田　そこがなんともすごいところだなあ。借金返済が小説に結びつく発想がすごい（笑）。

山本　たしかに借金返済のために小説家になろうというのは、前代未聞かもしれませんね（笑）。だが、私には笑いごとではなかったのです。どうして返済するか、考えに考えて、どうにも手が思い浮かばなくて、最後の最後に、小説だ、これでいくしかないと思ってしまったんですね。

浅田　それまでに小説を書かれたことはあるんですか。

山本　全然。小説は好きで、ずいぶん読んできたし、販売促進のセールスの仕事の延長でPR誌の編集をしたり記事を書いたりしたことはあったが、小説を書くことはちらりとも思いませんでした。それが、小説を書いて借金を返済すると債権者にも言ったんですから、内心では「おまえ、正気か」と思っていたでしょうね。

浅田　そりゃ、思うでしょう（笑）。

山本　もっとも、最初に書いたものをある新人賞に応募して、もちろん落ちたんですが、最終選考の四作の一つに残った。これが、やれるという自信になったことも大きかったんです。

浅田　そういうことはあったにしても、直木賞までいってしまったところが山本さんの凄いところですよ。

山本　しかし、作家になると決めて、それからが苦しかったですね。新人賞には何度も挑戦したが、次々と落ちる。ようやくオール讀物新人賞を射止めたのが平成九年です。だが、それで作家になれるほど甘い世界じゃない。

　事実、一番苦しかったのはオール讀物新人賞をいただいた後でした。新人賞をいただいたときは、とりあえず土俵に上がったということで、みんな、評価してくれた。「おまえ、本当にやったな」と。「じゃあもうすぐ本が出るよな」という感じになる。私もそう思ったんですよ。ところがとんでもない。受賞後の第一作が雑誌に載るまで二年ですから。

私の債権者は、作家になって借金返済などとてもじゃないな、と見ていたでしょうね。本当に苦しかったが、それでも書き続けられたのは家内のおかげですね。家内は私の原稿の最初の読者なんですが、「すごく面白い。お父さんは才能がある」と言うわけです。それも口先だけじゃなく、心底そう信じてるんですね。これには支えられました。

浅田　女の力はすごいからなあ（笑）。

山本　昭和五十六年におふくろが亡くなったんですが、『あかね空』を書きたいと漠然と思ったのは、おふくろの葬儀が済んだときです。葬儀を通して触れた多くの人の人情。それに触発されたんですね。そして、今まで経験したことや考えたことをすべて叩き込んで書き上げたら、それが平成十四年の直木賞ということになったわけです。

浅田　奥さんは喜ばれたでしょう。

山本　家内だけではありません。債権者はこれで返済のメドがついたと思ってくれたようです。実際、本が出ると、印税は全部債権者に直接いくようにしているんです。一度自分の手に入ると、惜しくなりますからね（笑）。私は江東区の富岡で借家住まいなんですが、大家も家賃の滞納を心配せずに済むと喜んでくれています（笑）。

浅田　お話を伺ってもよくわかったが、あの作品は山本さんのすべての結晶なんですね。だから、素晴らしいんですよ。

山本　家族の絆があの作品を書かせたんです。これは私の偽りのない実感ですね。

美しくわかりやすく

浅田　オール讀物新人賞というのは作家登竜門の王道です。それを取って、さらに直木賞というのは、山本さんは大手門から正面突破して、堂々と城内に入ったということですよ。その点、私は搦手《からめて》からいつの間にか城内に入っていたという感じですね。

山本　どういうことですか。

浅田　作家になるというのは私のトラウマですから、ずうっと小説は書き続け、新人賞には次々と挑戦していたわけです。会社を潰して、借金をどうして減らそうかと考えているときも、挑戦をやめなかった。もちろん落選続きだが、そのうちに編集者に知り合いができるんですね。そのつながりでライターとしてルポルタージュを少し書いた。すると、小説は書かないのか、と聞いてくる。実は書いているんですよと見せると、そのいくつかが活字になる。なかにはとんとん拍子に本になるものもある。

私が初めて賞をもらったのは平成七年の吉川英治文学新人賞ですが、そのときにはすでに十冊ほど本を出していたんですよ。もっとも一刷りだけで、さっぱり売れませんでしたがね。だから、搦手なんです。

山本　いや、搦手から入るのは本当の力量がないとダメです。

浅田　あの吉川英治賞の授賞式では、私は本当にいい出会いに恵まれました。同じ時に吉川英治文化賞を受賞したのは、北海道で僻地医療に四十二年間も専心してきた老齢のお医者さんでした。この人はもちろん受賞を喜んでいるのだが、態度は無愛想なぐらい淡々としているんですね。それでパーティー半ばに私に近づいて、「これで失礼します。患者が待っていますから」とさり気なく言って会場を出ていかれた。それだけのことなんだが、鮮烈でしたね。胸が震えました。

仕事をしている人は誰でも公器、公の存在なのだとつくづく思ったのです。仕事をする限り、誰かと関わっているんだ。私が書いたものも一人でも二人でも楽しんでくれて、なかにはその人生や生き方に影響を及ぼすかもしれない。そのことをいつも頭に入れて、あの人が「患者が待っている」とさり気なく言われたように、私も「読者が待っている」とごく普通に言えるようにならなければならないと、褌《ふんどし》を締め直す気持ちになりました。

山本　影響を受けたり学びを得たりというときに、世に知られた有名な人の言ったことややったことを挙げることが多いですが、実際には日常で何気なく触れ合ったりする人からのものが多いんじゃないですか。私も自分を支えてくれるものはと考えると、家族であり富岡の人たちであり債権者であり、といったものが圧倒的ですね。

浅田　そうですよ。私もいろいろな人に支えられてきているが、なかでもということになると、小学校、中学校、高校、それに自衛隊のときの仲間ですね。彼らの言葉にならないような何気ない言葉にどんなに支えられたかしれない。だから小学校から自衛隊まで、仲間とはずうっと付き合っているんです。同窓会となれば、私がいつも幹事役です。

山本　浅田さんは律儀で几帳面だから、信頼があるんでしょう。

浅田　自分ではそういうことには不向きだと思うんですがね。私は酒を飲まないから会計を間違う率が低いし、酔っ払ったやつの介抱に適役だと思われているんでしょう。だが、万年幹事を自分でも喜んでいる部分があるんです。仲間に支えられて今の自分があるという実感があるからでしょうね。

山本　それにしても、作家の世界に入って、こんなにハードワークだとは思いませんでした。作家というのはどんなにいいもの、売れるものを書いても、それはその作品限りのことで、次のものがダメならお終いなんですね。それにスケジュール上とても無理だと思っても、注文がくると、断ったらこれでお終いになってしまうんじゃないかと怖いんです。それで断れない。その結果は書いて書いて、限界になるとちょっと寝て、また起きて書くというように、エンドレスの日常になってしまうんですね。

まあ、中学、高校と四年間新聞配達で鍛えたおかげで、なんとか乗り切っていますが、今になってあの時期の鍛錬に感謝しています。

浅田　作家は肉体労働の最たるものですよ。体力勝負です。ダメなものはいくら書いてもダメだが、いいものを少なく書いてもダメなんです。いいものをたくさん書かなければ生き残れない。私は朝爽やかに目覚めて、そのまま仕事に入る昼型の典型なんだが、やはり締め切りが重なってくると、夜も昼もないエンドレスの日常になってしまいますね。そうなるのを承知で仕事を受けるのは、いいものをたくさんということもたしかにあるが、やはり私も注文を断るのが怖いんです。

山本　浅田さんは年齢は私より下だが、作家としては先輩です。そして、私のようなホヤホヤと違って、作家としての立場を確立している。それでも注文を断るのは怖いですか。

浅田　そりゃ怖いという気持ちは拭えませんよ。

山本　それを聞いて安心しました。怖くてもいいんだ、と（笑）。

浅田　私が小説を書く上で肝に銘じていることは二つに集約されます。それは「美しく」ということと「わかりやすく」ということです。直木賞であろうと芥川賞であろうと、小説は文章芸術だと私は思っているんです。私はこと小説についてはお山の大将で自分が一番だと思っているから、目標にする作家や作品はないが、三島由紀夫や川端康成、谷崎潤一郎などは好きです。だから、一行を書くにも、三島なら、川端なら、どう表現したかな、ということは常に考えている。美しく書くためです。それとわかりやすく、ですね。美しさとわかりやすさが融合したとき、それは読者を楽しませ、感動させることができるんだと信じているんです。

山本　いいことを教えていただきました。美しく、わかりやすく。本当にそうだと思います。これを肝に銘じて、自分のこれまでを投影させたものを書いていきたいと思います。

　最後に、私自身がしんどいときずっと支えにしてきた言葉があるんです。それは「明日は味方」という言葉です。誰の言葉かはわかりませんが、これは一生の言葉だと思っています。ひたむきにやっていれば、必ず明日は味方になる。誰にでも来るはずの明日を敵にするか味方にするかで、生き方が全然変わってしまいますから。

浅田　その言葉は私もいただきましょう。明日に向かう勇気が出てきて、素晴らしい言葉です。

山本　それにしても、浅田さんでも注文を断るのは怖いのだと聞いて安心しました。これだけでも、この対談に出てきてよかったなあ、と思います（笑）。

初出　「こんな言葉に支えられて生きてきた」（『致知』03・10）

あとがきにかえて――厄介な仕事

浅田　次郎

作家を志した動機は、読み書きが好きであったからにほかならない。

勉強もスポーツも人並みにはやったが、人並み以上に情熱を傾けたものは小説を読むことと文章を書き散らすことで、それは古今東西やがて作家になった人々の、共通せる少年時代であろう。

だから私はずっと、野球選手が野球ばかりやっているように、学者が研究ばかりしているように、小説家は読み書きだけで人生を過ごしているのだと思っていた。たしかに原稿収入で生活をするようになってからしばらくの間は、思った通りであった。

ところが、文学賞のひとつもいただいたあたりから、思いがけぬ仕事が舞いこむようになった。講演、サイン会、インタヴュー、グラビア撮影そして本書に収録されている「対談」というような、およそ読み書きとは無縁の仕事である。個人的には一九九五年、『地下鉄《メトロ》に乗って』で吉川英治文学新人賞をいただいた直後からであったと思う。

当初私は、こうした仕事は自著の販促活動、もしくは小説家としての自己宣伝であると考えていた。つまり仕事そのものではなく、仕事に付帯する義務、もしくは版元に対する義理である。

ふつうそうした義務だの義理だのというものは、さほど労力や時間を費さない。商品を企画し製造するエネルギーに比べたら、サービスやメンテナンスにかける手間などたかが知れている。そう考えて、これらの仕事はすべて引き受けた。

ところが、アパレル業界と出版業界はまるで勝手がちがったのである。講演や対談は、サイズ直しやバースデー・プレゼントのラッピングではなかった。おそまきながらその事実に気付いたときには、すでに読み書きの時間と労力は著しく侵害されていた。私は講演やサイン会であちこち飛び回り、当たるを幸い対談をするという、活動的で外交的な作家に変身した。

小説家には寡黙な性格の人と、饒舌《じょうぜつ》な人がいる。その比率は私の知る限り、ほぼ半々というところか。

同業でありながらこの対照の妙はどうしたことであろう。

おそらく生来が寡黙な人は、語ることが不得手であるから書くことによって表現をした。

一方の饒舌な人は、しゃべるように文章を書いた。つまり動機はまるでちがうのだが、結果として必然的に、作家という同じ職業に至ったのではあるまいか。ちなみに、私は後者の典型である。

むろんこの二種の性格は、才能とは無縁であり、文学的業績ともまるで関係がない。会ったわけではないが、作品から類推するに鷗外が寡黙であり漱石が饒舌であったことは、まずまちがいなかろう。志賀直哉は寡黙で、谷崎潤一郎はあんがい饒舌であったような気がする。ゲーテやトーマス・マンがおしゃべりであったはずはないが、シェークスピアやディケンズが口下手なわけはない。

そうした楽しい想像はともかくとして、現今さしあたっての問題は、さきに挙げた講演や対談等の厄介な仕事が、饒舌型の作家にのみ強いられるという不公平である。

おそらく私の周辺は、度重なる打合わせや会食の席で「こいつはしゃべる」と察知し、読み書き以外の要員に加えたと思われる。そうとは知らず、これも販促の一環などと呑気《のんき》に構えていた私は愚かであった。

とりわけ「対談」は、文芸誌のみにかかわらずおよそ雑誌という雑誌にそのコーナーが設けられており、いったん足を踏み入れてしまえば底なし沼か南溟《なんめい》の密林のごとく、まこと際限がなかった。「こいつは書ける」ではなく、「こいつはしゃべる」という周囲の評価により、ついには週刊誌の「美女対談」のホストまで務めるはめになった。

どうせ週刊誌に連載をするなら、どうして小説を書かなかったのかと今さら首をかしげることしきりである。

しかし、世の中何だってそうだが、無駄な努力というものはない。骨惜しみだけが人生の空費となる。

対談といえば、いかにも小説家が本業の片手間にやっているように思われそうであるが、実はたいそうな努力を必要とする。そうでなければちっとも厄介な仕事ではあるまい。

相手が作家ならば、まず事前に代表作と近著ぐらいは精読し、自分なりの感想をまとめておかねばならぬ。むろん既読であっても読み直す。

映画監督や女優ならば、やはり代表作と近作を見ておかなくてはならない。そうした努力は、対談相手がどのような分野の人であろうが同じである。相鎚《あいづち》を打つばかりでは、誌上に掲載されたときまるで格好がつかない。

対談までの準備期間はせいぜい一カ月くらいのものであるから、努力にもやはり限度があって、いかにも付け焼き刃のような陳腐な対話とならぬためには、お相手の名が提示されたとき、即座に「ムリ」と判断する勇気も要る。これはおのれの能力の自己判断であるから、なかなか難しい。

むろんそのあたりの事情は先方も同様であろう。すなわち対談という作業は、編集者が仲人を務めるお見合いのようなもので、まず組み合わせが大変、仕度をするのがまた大変、しかもいったん席についてしまえば、おたがい好むと好まざるとにかかわらず、二時間は語り続けねばならぬという、気の遠くなるような大仕事なのである。

一回の対談に費す努力は、五十枚の短篇小説を書き上げる努力に匹敵する。いや、いかに饒舌な私でも、しゃべるよりは書くほうがずっと得意であるから、それ以上に相当するかもしれない。

しかし、ありがたいことには、人生に無駄な努力はないのである。

先輩作家のお相手を承るときには、若い時分に胸ときめかせた作品を読み直す機会に恵まれる。そして著者自身の言葉で、その作品にまつわるさまざまのエピソードや、日ごろのお付き合いではけっして洩らさぬ創作のコツや努力を、直《じか》に耳にすることもできる。

異業種の方の場合はこちらも作家という立場を離れ、広義での創作者として、あるいは一個の人間として、すこぶる有意義な話を聞くことができる。こうした対話は、どれほど私の創造の糧となったか計り知れない。

それもこれも、対談に至るまでの可能な限りの準備があったればこそで、たかが対談と高を括《くく》って臨んでいたのなら、それこそ時間の空費に終わっていたであろう。

書くも語るも同じ「言葉」である。そうと信じ、かつ胸に誓わなければ、言葉を戴く小説家の資格はあるまい。

かつて、夏目漱石の東京帝国大学における講演録を読んだことがある。

それは実にすばらしい内容で、一篇の傑作短篇に価すると思った。しかるに惜しむらくは、語った言葉がそのまま録取されて後世に伝えられるケースは稀《まれ》である。肉声が活字に変えられて残るなど、録音機材が発達し音声同時変換すら可能になった今日でも、まずめったにある話ではない。

声は発せられたとたん、風に紛れて消え去る宿命を持っている。むろん対談の多くも、とりあえずは雑誌に掲載されるけれど、その後の運命は似たものである。

そうした厳然たる事実に思いを致せば、これまでのあまたの対談のいくつかが単行本として上梓され、なおかつ文庫にまで収めていただけた幸甚は身に余る。むろん、かくも偉大な諸先輩方が、私のお相手をして下さった結果の幸甚であることも承知している。

対談は厄介な仕事である。しかし厄介なゆえにまた享《う》くる福音も大きいと知れば、どうにもこの仕事をやめる気にはなれない。

この作品は二〇〇五年四月河出書房新社より刊行された
『歴史・小説・人生』を改題したものです。

すべての人生《じんせい》について

浅田次郎《あさだじろう》

平成23年4月15日　初版発行

発行人――石原正康
編集人――永島賞二
発行所――株式会社幻冬舎
〒151-0051東京都渋谷区千駄ヶ谷4-9-7
電話　03(5411)6222(営業)
　　　03(5411)6211(編集)
　　振替00120-8-767643
印刷・製本―中央精版印刷株式会社
装丁者――高橋雅之

幻冬舎文庫

ISBN978-4-344-41644-4　C0195　あ-37-1